질문하는 세계

이소임 에세이

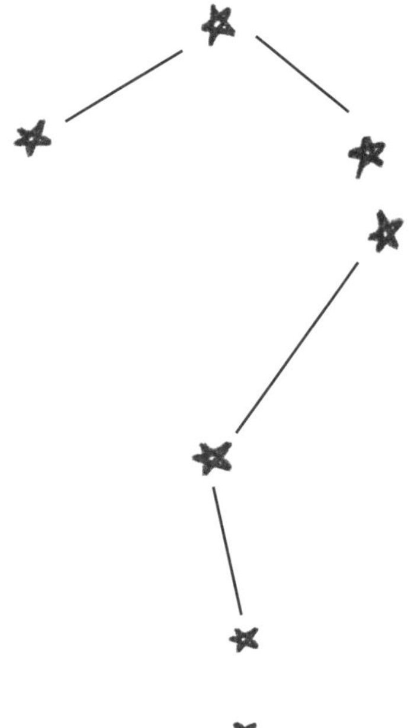

질문하는 세계

더 나은 사람이 되기 위하여

시공사

나의 딸 영이와

세상의 아이들에게

프롤로그

예전에 사법시험 2차에 또 떨어지고 1주일간 고용노동부에서 운영하는 실업자 교육을 받았다. 계기는 순전히 우연이었다. 종로3가에서 길을 잃었는데 눈앞에 서울 고용노동청 본청이 나타났다. 노동법 시간에 배운 고용 촉진 제도가 머릿속에 스쳐 지나가면서 홀린 듯 건물로 빨려들어 갔다. 담당 공무원의 설명을 듣다 정신을 차려보니 나도 모르게 실업자 교육 프로그램 신청서를 쓰고 있었다. 교육 첫날에 각자 자기소개를 했는데 우리 기수의 사람들은 나를 빼고는 중장년이었다. 피부 관리사, 간호조무사, 영사 기사(당시 피카디리 극장이 폐업하며 갑자기 영사 기사 아저씨도 실업자가 되었다), 경리 사원, 웹 디자이너 등 직업이 다양했다. 대학교 입학 이후로는 성공한 고시생과 실패한 고시생에게만 둘러싸여 지내서인지 세상에 다양한 직업이 있다는 당연한 사실이 생경했다. 자존감 회복 훈련으로 낯선 사람들과 다 같이 원 모양으로 둘러앉아서 "나는 할 수 있다"를 세 번 복창했다. '할 수 있다'를 반복할수록 과연 무엇을 할 수 있다는 것인지 의문이 들었고, 한편으로는 무직임을 온 세상에 점층법으로 공표하는 기분이 들어 자존감이 떨어졌다. 그다음 날에는 존경하는 인물에 관해 이야기했는데, 어떤 분이 "저는 말을 잘하고 성품이 따뜻해서 개그맨 이경규 씨를 존경합니다. 제가 머리가 나빠서 머리 좋은 사람이 부러워요"라고 말했다. 놀라웠다. 사람들 앞에서 머리 나쁘다는 말을 스스럼없이 하다니!

법조계에서 누군가 '내가 머리가 나쁘다'라고 하면 그 말인즉슨 '나는 머리가 좋은 데다가 겸손하기까지 하다'라는 우회한 잘난 척이거나 '물론 너보다는 머리가 좋지만 아쉽게도 아인슈타인이나 파인만 급은 아니다'라는 교만한 겸손이다. 정말로 자신이 머리가 나쁘다고 생각하면 열등감 때문에 그 말을 입 밖으로 꺼내지 못한다. 그래서 '이것은 사과입니다'처럼 무색투명하게 '나는 머리가 나쁩니다'라고 말할 수 있는 그분에게 진심으로 감탄했다. 그동안 당연시했던 나의 세계가 무척 협소하고 한정되었음을 깨달았다. 나는 진심으로 머리가 나쁘다고 인정하지 못하는 사람들,

다시 말해 잘난 사람들 사이에서 살고 있었던 것이었다. 내가 늘 부족하다고는 생각했다. 하지만 나의 부족함을 진심으로 인정하지 못했다. '내가 머리가 나빠요'라는 말에는 복잡한 감정이 실려 있었다. 책을 읽고 공부하는 것이 무슨 소용일까. '내가 머리가 나빠요'라고 산뜻하게 인정할 수도 없는데.

☆ ☆ ☆

삶에 정답이 없다고 생각하면서도 나는 습관적으로 정답을 찾았다. 정답이 있는 세계에 익숙했기 때문이다. 초등학교에서 중학교, 고등학교, 대학교, 로스쿨까지 시험 다음에 또 다른 시험을 쳤다. 시험지 속 세상은 명확했다. 시인의 의도도, 정의도, 삶의 의미도 오지선다 속에 있었다. 하나는 옳고 나머지 넷은 틀렸다. 정답을 맞혀야 다음 단계로 넘어갈 수 있었다. 하지만 맞는 답을 찾아가며 나아간 끝에 정답이 없는 삶과 맞닥뜨리자 나의 작은 세계는 조용한 혼란에 빠졌다. 깨어지지 않았지만 금이 간 도자기처럼 무언가가 미묘하게 잘못된 것 같았다. 답을 찾고 싶었다. 하지만 이제부터 내가 찾아야 할 것은 정확한 답이 아니라 정확한 질문이었다. 한 인간으로, 엄마로, 변호사라는 직업인으로, 사회의 구성원으로 나는 누구이며, 무엇을 원하는지, 어떻게 살아가야 하는지 스스로 묻고 답해야 했다.

나의 세계는 여전히 좁고, 미숙하고, 엉성하다. 매일 실수하고 수시로 한계를 느낀다. 건실한 어른이 되었다고 흡족해하다가 금세 철없는 아이 같은 나를 발견하고 좌절한다. '실패는 성공의 어머니'라고 하지만 성공이 완성은 아니었다. 언제나 새로운 실패가 다시 나를 기다리고 있었다. 혹여 작은 성공이라도 하고 나면 스스로 이렇게 경고해야 한다. "정신 차려. 기쁨은 잠깐이야. 성공은 새로운 실패의 전조일 뿐이라고!" 마치 겹겹의 우물에 갇힌 개구리 신세다. 애써 기어 나와 보면 또다시 우물이고, 기어 나오면 또다시 우물이고, '이제 밖으로 나왔겠지?' 하고 앞으로 기어가다 보면 또다시 우물 안쪽 벽이다.

☆ ☆ ☆

《질문하는 세계》는 성공이나 비전보다는 부족함과 반성에 관한 이야기다. 개인적인 문제로부터 출발해서, 우물에 갇힌 개구리의 작은 시선으로 한 걸음씩 나아가며 나와 너와 사회에게 어떤 질문을 해야 할지를 고민했다. 앞도 제대로 보지 못하고 기어가다가 축축하고 이끼 낀 우물 벽에 코를 부딪치고 나서야 고개를 들어 밤하늘을 본다. 하늘 가득 총총한 별이 우물 밖의 세상을 상상하게 한다. '언젠가는 밖으로 나갈 수 있겠지?'라는 소망을 담아 나지막이 질문한다. 밤하늘을 조금 더 깊이 바라보면 별빛 뒤에 펼쳐진 광활한 어둠이 나를 압도한다. '이렇게 작구나.' 끝없는 우물을 벗어난 자신을 상상한다. 결국 나는 드넓은 벌판에 던져진 외로운 개구리 한 마리일 뿐이다. 아무리 애를 써도 고작 작은 개구리만큼만 나아간다. 정답을 맞히며 나아가는 것이 아니라 질문을 하며 나아간다.

* * *

나에게 새로운 세계를 알려준 딸 영, 내가 아무것도 없을 때 손을 잡아준 남편, 나에게 모든 것을 주신 부모님, 부족한 나를 이해해주신 시부모님, 부모님처럼 아껴준 막내 삼촌, 숙모, 이모, 세상에서 제일 웃긴 남동생, 든든한 아주버님과 형님, 귀여운 조카 찬이, 불안한 신인 작가를 믿고 지지해준 임채혁 편집자님, 책을 멋지게 디자인해준 이혜진 디자이너님, 기꺼이 추천사를 써주신 장일호 기자님, 그리고 늘 응원해준 가족과 친구들에게도 깊은 감사를 전한다. 허무를 견디어내고 더 나은 사람이 되고자 하는 이유는 결국 사랑하는 사람들이다.

2023년 12월

이소임

차례

3부

4부

매일 한 가지씩,

매일 한 걸음씩 나아간다.

보통 사람인 내가 할 수 있는 일이다.

세상은 언제나 보통 사람들 손에 달려 있다.

1부

나는 재판연구원으로 법조 경력을 시작했다. 덕분에 어느 정도 나를 드러내지 않는 훈련이 되어 있다. 법원에는 평생 튀지 않는 훈련을 해온 사람들로 가득하다. 이메일은 언제나 '존경하는'으로 시작한다. 실제로 상대방을 존경하는 마음을 담는지는 의문이지만 말투 하나, 행동 하나에 존중을 담은 모습을 보여야 한다. 겸손한 사람이 많지 않지만 조직은 겸손을 학습시킨다.

보이는 것이 다는 아니지만 사회생활에서 외향과 형식은 생각보다 중요하다. 특히 직역 전체가 보수적이어서 모난 돌은 정으로 가차 없이 내려치는 법조계에서는 더욱 그렇다. 일을 할 때 나는 늘 검은색 정장 차림이다. 허리 건강 차원에서 배낭을 메지만 재판에 갈 때는 각이 잘 잡힌 서류 가방을 사용한다. 봄을 맞아 밝은색 옷을 사볼 결심으로 백화점에 갔다. 분홍색 정장을 만지작거리다가 결국은 회색 정장을 산다. '미묘하게 분홍이 섞인 회색인걸.' 새 옷을 입으며 튀어 보이지 않나 걱정한다. 나의 옷차림은 저승사자와 스님 사이를 왔다 갔다 한다.

일전에 젊은 남자 변호사가 넥타이를 매지 않아서 판사에게 호통을 듣는 광경을 본 적이 있다. 패기로 판사에게 대들고 싶은 충동을 느꼈을 수도 있었겠지만 그 변호사는 다음 기일에 넥타이를 매고 왔다. 변호사는 고객을 대리한다. 일할 때 나를 내세워서는 안 된다. 개성은 죽여야 한다. 그래서 서초동에는 검은색 정장의 클론들이 돌아다닌다. 비가 올 때는 빨간 우산, 파란 우산, 찢어진 우산 대신 검정 우산만 돌아다닌다.

사회생활을 시작하기 전에 나는 남에게 어떻게 보일까를 전혀 신경 쓰지 않았다. 주변을 내가 원하는 것으로만 탐욕스럽게 채웠다. 대학교 때 일이다. 웨스 앤더슨 감독의 〈스티브 지소와의 해저 생활〉을 보고 지소 박사의 해양 연구팀원들이 쓰는 끝이 길고 뾰족한 빨간 털모자를 갖고 싶어졌다. 그런 모자는 파는 곳이 없어서 뜨개질 공방에서 직접 모자를 제작하기로 결심했다. 동네 공방에서 뜨개질을 프로처럼 하는 아주머니들과 남자친구 선물용 목도리를 짜는 여자아이들과 함께 나를 위한 모자를 뜨개질했다. 공방 주인 아주머니가 물었다.

"왜 이런 괴상한 모자를 쓰고 싶은 거야?"

나는 은전 한 닢을 갖고 싶어 하는 걸인처럼 대답했다.

"그냥요! 그냥 갖고 싶어서요."

모자를 완성하는 데 3주가 걸렸다. 3주라니! 원하는 모자 하나를 위해 3주나 지겨운 뜨개질을 견디었다. 내가 원

하는 것을 얻는 것, 특별함을 소유하는 것은 의미가 있었다. 비록 그 특별함이 웨스 앤더슨을 흉내 낸 것이었어도. 하지만 지금의 나는 빨간 모자 따위는 안중에 없는 삶을 산다. '내가 누구인지' 같은 무용한 질문 자체를 할 겨를이 없다. 자의식을 추구하기에는 일상이 너무 바쁘다. 변호사, 고용주, 가족 구성원으로서의 역할이 톱니바퀴처럼 돌아간다. 인생의 배경 음악으로 육아가 있다. 맡은 일 하나하나가 중요해서 대충할 수 없는 것들이다. 한석봉 엄마가 될 각오도 없고, 회사를 일류 로펌으로 성장시킬 야망도 없는데 최선을 다한다. 책임을 다하기 위해서다. 평범한 엄마, 평범한 아내, 평범한 변호사가 되는 데도 엄청난 노력이 필요하다.

비범함을 강요하는 사회는 평범한 사람의 노력을 깎

아내린다. 매일 일어나고, 씻고, 밥을 먹고, 밥을 먹이고, 아이들을 돌보고, 학교에 가고, 회사에 출근하고, 청소하고, 설거지하고, 일하는 일상 하나하나에 정성과 수고가 필요하다. 사회는 평범한 사람에게 끊임없는 자기반성을 권한다. 애써 피곤한 몸을 깨워 만원 지하철에 낀 사람에게 출근길에 듣는 자기 계발 콘텐츠는 '당신은 부족하다'라며 속삭인다. 사법 고시에 떨어졌을 때《열국지》를 읽었다. 춘추 전국시대에는 너무 많은 왕과 영웅이 있어서 이름도 다 기억하기 어려웠다. 어렵게 왕이 되어도 쉽게 죽었다. 특별한 사람이 너무 많아 평범해 보였다. 이런 생각이 들었다. 그동안 공연히 특별함에 나를 가두어두었던 것은 아닐까. '내가 왕도 아닌데. 왕도 아무것도 아닌데.' 그때부터 평범하게 노력하기로 했다.

평범함을 받아들이면 자유를 얻는다. 일상을 위해 애쓰는 자신을 인정하게 된다. 주변의 평범한 사람들이 얼마나 노력하고 사는지 돌아보게 된다. 특별한 사람들은 별처럼 총총히 빛난다. 밤하늘을 올려다보면 별만 가득한 듯하다. 하지만 빛나는 별 뒤에서 밤하늘을 채우고 있는 것은 넓고도 깊은 어둠이다. 밤하늘의 본질은 별이 아니라 평범하면서 광활한 어둠일지 모른다.

길치의 구원자

나는 시간 약속을 잘 지킨다. 강박이라고까지는 할 수 없지만 좀처럼 시간 약속을 어기는 법이 없다. 재판처럼 시간을 절대 지켜야 할 경우라면 여유롭게 한 시간 정도 일찍 길을 나선다. 어차피 길을 잃을 것이기 때문이다. 나는 심각한 길치다. 수시로 길을 잃는다. 솔직히 고백하면 동서남북이 어디인지 전혀 감이 없다. 길을 잘 찾는 사람은 뇌 속에 보이지 않는 나침반이 달린 것일까? 해가 뜨는 쪽이 동쪽이라는데, 아침에 해가 어디서 뜨는지 어떻게 안다는 말인가? "저쪽이 동쪽이고 이쪽이 남쪽이니까"라며 길을 찾는 남편의 모습을 보면 속으로 감탄한다. '과연 원시적 감각을 그대로 보유한 자다!'

나는 동네에서도 자주 길을 잃는다. 남편은 내가 헤매는 모습을 보면 어디까지 가나 보자는 식으로 뒤에서 팔짱을 끼고 비웃는다. 나는 그래도 기죽지 않는다. 당당한 길치이기 때문이다. 길을 나설 때는 내가 길치라는 자각이 없다. 방향을 고려하지 않고 일단 출발한다. 길을 걷다 보면 마치 계시를 받은 것처럼 '이쪽이 정답이다!' 하는 느낌이 온다. 한참을 걷다가 다리가 아플 즈음에야 깨닫는다. '정말 본격적으로 길을 잃었구나.' 그제야 네이버 지도를 꺼내 살핀다. 모르는 사람보다 잘못 아는 사람이 언제나 더 나쁘다. 하지

만 잘못 아는 사람은 자신이 잘못 아는 줄 모르는 법!

길치 운전자에게 내비게이션은 필수다. 안타깝게도 내 차의 매립형 구형 내비게이션은 조금 멍청했다. 그래도 성격은 좋았다. 뭐랄까, 긍정적이었다. 예상 도착 시간에 관해서 특히 낙관적이었다. 사고나 교통 체증 같은 부정적인 요소는 깡그리 무시했다. 출발할 때는 15분 후 도착을 예견했지만 한 시간 동안 올림픽대로에 잡혀 있어야 했다. 지리 정보 체계(GIS)가 업데이트되지 않아 새로 뚫린 도로는 전혀 인식하지 못했다. 아스팔트 위를 달리는데 내비게이션 액정 속 자동차 아바타는 두더지처럼 산을 뚫고 있거나 이적을 일으켜 물 위를 달렸다. 한번은 야간 운전 중에 길을 잃었다. 산속이라 전파 방해로 스마트폰도 먹통이라 〈그래비티〉의 산드라 블록처럼 우주 미아가 된 기분이었다. 멍청한 녀석!

최근 안드로이드 오토를 사용하면서 카카오 내비게이션 앱을 쓰기 시작했다. 최신 내비게이션 시스템은 덜떨어진 구형 내비게이션처럼 길을 잃는 법이 없었다. 사고 난 길을 피하게 해주고 신호등의 신호가 바뀌는 주기도 알려주었다. 22초, 21초…. 무엇보다 놀라운 기능은 예상 도착 시간이었다. 어찌나 정확한지 신비로울 정도다. 내비게이션의 예상 도착 시간에 딱 맞추어서 차가 목적지에 도착하면 마

치 돌판에 새겨진 예언이 실현된 것만 같았다. '이제 기계가 미래를 보는구나. 비바! 딥러닝!' 마침내 내비게이션이 길치를 완전히 구원하는 시대가 열렸도다. 세상이 만만하다. 내비게이션과 함께라면 지구 횡단도 할 수도 있을 것 같다. 길치여, 나의 손을 잡아라. 그대는 영원히 길을 잃지 않으리!

하지만 비밀을 고백하자면 나는 길을 잃기 좋아한다. 길치는 방위가 아니라 풍경을 본다. 동쪽으로 10미터가 아니라 '오, 여기 참 예쁜 튤립이 피었네' 따위나 생각하면서 길을 찾겠다고 싸돌아다닌다. 길을 잃을 때마다 얻는 소소한 기쁨이 있다. 맛있는 핸드 드립 카페를 찾아내고, 파란색의 예쁜 대문과 담벼락의 능소화 덩굴을 보며 감탄한다. 목적 없이 멍 때리며 햇볕을 쬐고 길가의 고양이에게 인사한다.

길치로 태어난 인간은 그렇다. 길을 잃지 않을 수 있는데도 길을 잃는다. 구원을 거부하고 슬그머니 내비게이션을 끈다. 스마트폰을 주머니에 쑤셔 넣고 딴 길로 샌다. 마치 계시를 받은 것처럼!

잘 지내고 계시지요, 아멘

나는 가톨릭 집안에서 태어났다. 유년 시절 곳곳에 신앙이 스며 있었다. 태어나자마자 유아 세례를 받았다. 아기 때는 할머니의 유품이었던 반질반질하게 닳은 묵주를 목에 걸고 놀았다. 방마다 십자가가 걸려 있었고 다이얼식 전화기가 놓인 협탁에는 성모상이 있었다. 초등학교 3학년 때는 첫영성체를 받았다. 기도문이 마술 주문처럼 재미있었다. 수녀님 앞에서 틀리지 않고 끝까지 기도문을 외우면 비둘기 스티커를 받았다. 하지만 첫영성체는 신과 멀어지게 된 계기였다.

불신은 의심으로부터 시작했다. 나는 《성경》의 첫 문장부터 의심했다. "한 처음에 하느님께서 하늘과 땅을 지어 내셨다."(〈창세기〉 1장 1절) '그러면 한 처음 전에는 누가 하느님을 만들었지?' 이어지는 궁금증. '노아는 의인이면서 왜 다른 사람들을 죽게 내버려둔 거야? 진정한 의인이라면 이웃들과 함께 방주를 만들었어야지. 아이들도 많이 죽었을 텐데.' 무엇보다 신이 특별한 사람만 사랑해서 마음에 들지 않았다. 커트 보니것도 《제5도살장》에서 외계인의 입을 빌려 말했다.

그리스도 이야기들이 안고 있는 결점은 별로 대단해 보이

> 지 않는 그리스도가 실은 우주에서 가장 힘센 존재의 아들이었다는 사실이라고 외계인 방문자는 말했다. 《신약 성경》 독자들은 그 사실을 알고 있어서, 십자가형 대목에 이르면 당연히 이렇게 생각하게 된다. (…) 오, 이런—그 사람들 이번에는 멋대로 죽일 상대를 잘못 골랐어! 그 말을 거꾸로 뒤집으면 이런 말이 되었다. '멋대로 죽이기에 적당한 사람들이 있다.' 누구인가? 든든한 연줄이 없는 사람들, 그렇게 가는 거지.

내가 신과 거리를 두게 된 결정적인 이유는 큰삼촌이다. 큰삼촌은 조현병 환자였다. 나는 초등학교 6학년 때까지 큰삼촌과 함께 살았다. 당시에 큰삼촌은 수시로 정신병원에 입원했다가 퇴원하기를 반복했다. 큰삼촌의 병은 엄마에게 들어서 알았지만 어린 나에게는 진짜 환자처럼 보이지 않았다. 큰삼촌은 키도 크고 힘도 셌다. 이해할 수 없는 말을 중얼거리곤 했지만 말이 안 되는 소리는 누구나 할 수 있는 거니까. 불안한 정신에도 불구하고 큰삼촌과 함께 있으면 어쩐지 마음이 편했다. 큰삼촌은 나에게 어른도 친구도 아닌 그 무엇이었다. 솔직히 말하면 거대한 고무나무 화분 정도로 여겼던 것 같다. 나무는 아무리 커도 나에게 해를 끼칠 수 없

으니까. 큰삼촌이 상태가 좋았을 때는 둘이 동물원에 간 적도 있었다. 큰삼촌이 나에게 빨간 풍선을 사주었는데, 받자마자 놓쳐서 엉엉 울었다. 큰삼촌은 날아간 풍선 대신 분홍색 솜사탕을 사주었다. 그날 나는 기분 좋게 목마를 타고 집으로 돌아왔다.

조용했던 큰삼촌이 어느 날 소동을 일으켰다. 식은 닭조림에 화가 나서 점심 밥상을 뒤엎은 것이다. 곁에서 레고블록을 조립하던 나는 닭 다리가 우아한 포물선을 그리며 날아가는 광경을 넋을 놓고 구경했다. 너무나 재미있었다. 드라마에서 나오는 술주정뱅이처럼 밥상을 엎다니! 고작 식은 닭조림 때문에! 다 큰 어른이! 게다가 닭조림은 식어도 맛있는데!

흥분해서 며칠 동안 만나는 사람들에게 그 이야기를 고했다. 실로 대단한 무용담 같았다. 퇴근한 아빠에게 고자질했다. "상을 엎었다니까. 이유가 뭐였는지 알아? 닭조림이 식어서래!" 옆집 아줌마에게도 이야기했다. "대박이지요! 바닥에 반찬이 다 쏟아졌고요." 집에 놀러 온 친구에게도 이야기했다. "우리 큰삼촌이 미쳤잖아. 진짜 웃기지?" 며칠을 시달리던 큰삼촌이 아이처럼 울음을 터트렸다. "어른도 잘못할 수 있잖아. 너도 잘못한 걸 남이 자꾸 이야기하면 싫잖아."

큰삼촌이 우는 순간 마음이 안에서부터 무너졌다. 너무나 미안했다. 마음이 아픈 사람의 기분을 알 것 같았다. 원하지 않은 나의 모습을 자꾸만 보아야 하는 괴로움을, 아무것도 할 수 없는 좌절감을 그제야 알았다. 그날 큰삼촌에게 사과했었는지는 기억이 나지 않는다. 미안하고 괴로워서 그냥 달아났던 것 같기도 하다.

자라면서 큰삼촌의 병을 점점 이해하게 되었다. 이해와 별개로 큰삼촌과의 거리는 점점 멀어졌다. 내가 바빠져서였기도 했지만 큰삼촌을 보는 것이 괴로워서였기도 했다. 큰삼촌이 죽기 몇 달 전이었다. 당시에 큰삼촌은 집 근처 오피스텔에 혼자 살고 있었다. 엄마와 반찬을 전해주러 갔다. 큰삼촌은 영혼이 빠져나간 사람 같았다. 말도 통하지 않았다. 방을 둘러보았는데 물건에 알 수 없는 이름표가 가득했다. 의자에는 의자, 쓰레기통에는 쓰레기통, 침대에는 침대 같은 식이었다. 집으로 돌아와 방 안에 가득했던 이름표의 의미에 관해 생각했다. 무료하고 심심해서 물건 하나하나에 이름표를 붙여본 것일까? 물건마다 이름표를 달아서 해리된 정신과 멀어지는 의미를 억지로 붙들어보려고 노력했던 것일까? 나는 왜 이름표의 의미를 묻지 못했을까?

몇 달 뒤 큰삼촌은 죽은 채로 발견되었다. 쉰이 되기 직전 아니면 막 넘은 나이었다. 가벼운 장례식이었다. 날씨도 화창했다. 할머니와 할아버지가 돌아가시고 장남인 아빠는 동생 세 명을 책임지게 되었다. 나머지 둘은 잠깐이었지만, 큰삼촌은 죽을 때까지였다. 아빠는 일하다가도 큰삼촌이 떠오르면 앞이 막막했다고 했다. 큰삼촌의 장례식 때 친척들은 아빠에게 그동안 수고했다고 했다. 큰삼촌의 흔적은 빠르게 사라졌다.

* * *

큰삼촌의 삶은 나에게 잘못 없는 사람의 불행에 관해 고민하게 했다. 변호사로 일하며 세상에 그런 불행이 드물지 않

다는 사실을 알게 되었다. 불행한 큰삼촌에게도 행운이 있었다. 큰삼촌은 자신에게도 남에게도 해를 끼치지 않았다. 경제적으로 돌보아줄 사람도 있었다. 하지만 세상에는 평생 단 한 조각의 행운도 누리지 못한 사람이 너무 많았다. 타인의 불행에 다가갈수록 나는 신에게서 멀어졌다. 신을 원망하지는 않았다. 다만 신에게 기도하고 싶지 않았다. 저토록 불행한 사람이 있는데 신이 나같이 멀쩡한 아이의 말을 들어주어서는 안 될 것 같았다. 신에게 아무것도 기복하지 않기로 결심했다. 나의 인생은 내가 알아서 살 테니 신은 다른 사람을 구하면 좋겠다고 생각했다. 신에게 다가가면 나를 특별히 사랑해줄 것만 같아 두려웠다. 어쩐지 꼭 그럴 것만 같았다.

대학 선배는 신을 유난히 싫어했다. "십자군 전쟁 봐. 신의 이름으로 죽은 사람을 생각해봐. 하나님을 어떻게 믿냐?" 나는 속으로 생각했다. '무신론자들이 일으킨 전쟁도 많은데…. 인간을 죽인 것은 언제나 인간이었지.' 지금에 와서는 《성경》의 결함들이 그다지 중요하지는 않다고 생각한다. 빅뱅 이론도 〈창세기〉 1장 1절과 마찬가지다. 태초에 빅뱅이 있었다. 처음 이전을 설명할 수 없다. 우리가 무엇을 믿는 이유는 완벽해서가 아니다. 그냥 믿는 것이다. 넘치는 불신의 마음에도 불구하고 나는 사실 신을 믿고 싶었다. 신을 믿는 사람들은 노란 벽돌길을 따라 에메랄드 성을 찾아간다. 나는 사라진 빵조각을 따라 어두운 숲을 헤맨다. 삶에 아무런 의미가 없다고 생각한다. 하지만 삶의 의미가 있다고 믿고 싶다. 가끔 마음에 신이 떠오르면 기도한다. '잘 먹겠습니다, 아멘' '감사합니다, 아멘' '안녕히 주무세요, 아멘'. 엘리베이터에서 우연히 마주친 이웃처럼 인사만 한다. 잘 지내고 계시지요, 아멘!

부작위의 괴로움

아이 담임 선생님에게 전화가 왔다. 아이가 민이라는 친구와 싸웠다고 했다. 선생님의 말씀을 요약하자면 '우리 아이는 단짝이랑 노는 성향인데 민이는 여러 명과 두루 놀고 싶어 한다, 민이가 우리 아이 때문에 답답함을 느낀다, 그래서 오늘 두 아이를 불러다 너희는 성격이 맞지 않으니 앞으로 놀지 말라고 했다, 결론적으로 아이가 속상할 테니 가정에서 즐거운 활동이라도 하면 좋겠다'라는 것이었다. 그동안 아이가 민이와 갈등 상황을 자세히 이야기했기에 예상하지 못한 일은 아니었다. "알겠습니다" 하고 전화를 끊었지만 기분이 썩 좋지는 않았다. 앞으로 놀지 말라는 것이 공정한 해결책인지 의문이었다. 우리 아이 편에서는 단짝과 놀지 말라는 것이니 앞으로 외톨이가 되라는 말로 들렸을 것이다.

아이는 조금 울먹이기는 했지만 담담하게 새 친구가 생길 때까지 혼자 놀겠다고 했다. 곧 괜찮아지겠지 싶었는데 아이는 그 후 몇 주간 억울한 마음을 토로했다. 나의 일이라면 5분도 고민을 안 할 문제인데 아이 일이니 영 신경이 쓰였다.

"엄마, 애들은 왜 인기 많은 애한테만 친절해? 너무 불공평해."

"애들이 아직 어려서 그렇지. 영이 너는 인기 없는 친

구한테도 친절하게 대해주렴."

"엄마, 민이는 진짜 인기가 많아. 옷도 아이돌처럼 입고, 예쁜 물건도 많아."

"영이 너도 장점이 얼마나 많은데. 시간이 지나면 알아줄 거야. 또 남들이 몰라주면 어떠니? 엄마가 아는데."

"민이가 중간 놀이 시간에 카페를 차렸는데 나도 직원으로 취직했거든. 그런데 나만 인턴이래. 기분 나빠서 관두었어."

"정말 불공평한데."

"엄마, 어떻게 하면 나도 인기가 많아질까?"

"글쎄, 엄마는 인기가 없어보아서 잘 모르겠는데. 엄마는 친구가 없어서 소풍 가서도 바위에 앉아 혼자서 도시

락을 먹은 사람이라서."

이야기를 듣던 남편이 끼어들었다.

"영아, 공부 잘하면 애들이 적어도 무시는 안 할걸?"

남편의 말을 들은 아이가 눈살을 찌푸린다.

"아빠 정말 너무해."

나는 남편의 말을 듣고 속으로 생각했다. '음, 우리 애는 엄마, 아빠를 닮아서 인기가 없구나.'

신기했다. 인기를 원하다니! 나는 초등학교와 중학교 시절에는 친구에게 전혀 관심이 없었다. 특히 중2병으로 H.O.T. 광팬이었던 친구에게 "이런 음악만 들으면 귀가 썩을걸?"이라는 사회성 떨어지는 말을 해서 따돌림을 당했다(이 글을 빌려 H.O.T.와 팬분들에게 진심으로 사죄드립니다). 당시에는 따돌림당하는지도 모르고 점심시간에 혼자 도시락을 먹으며 '인생은 역시 고독하군' 정도로 생각했던 것 같다. 나중에 학기 말 롤링 페이퍼에 적힌 수두룩한 악담을 보고 나서야 아이들이 나를 싫어한 사실을 깨달았다.

아이가 인기를 갈구하며 의기소침한 모습을 볼 때마다 몹시 괴로웠다. 그래도 아이가 스스로 이겨내야 할 일이었다. 괴롭지만 내가 해결하려 들면 안 될 일이었다. 아이를 낳기 전에는 육아란 내가 아이에게 무언가를 해주는 것인

줄 알았다. 알고 보니 육아에서 가장 힘든 부분은 기다리고 참는 일이다. 인기 많은 아이로 만들기 위해 아이돌같이 옷을 입히고 예쁜 학용품을 잔뜩 사주고, 친구를 집으로 불러 놀게 해줄 수도 있었다. 어려운 일은 아니다. 하지만 아무것도 하지 않고 기다리는 일, 내가 아이 대신 문제를 해결해주고 싶은 욕망을 참는 일은 어렵다.

대학교 때 버스에서 인상적인 장면을 목격했다. 모녀가 나란히 앉았는데 딸이 무슨 일인지 흐느껴 울었다. 엄마는 옆에서 담담한 표정으로 딸의 말을 듣고만 있었다. 딸이 버스에서 먼저 내렸는데 그때도 엄마는 "잘 들어가" 하고 짐짓 명랑하게 손을 흔들었다. 그런데 딸이 시야에서 사라지자마자 엄마의 표정은 슬픔으로 무너졌다. 눈시울을 붉히며 창밖을 하염없이 바라보는 엄마의 모습이 오래 기억에 남았다. 나는 당시에 그 딸을 보고 한심해했다. '엄마 앞에서 우냐, 걱정하게.' 그런데 지금은 딸이 엄마 앞에서 울어서 다행이라 생각한다. 그 엄마가 좋은 엄마라는 생각이 든다. 김미경 강사가 말했듯 부모는 자식이 지하 10층까지 들어가서 괴로워하고 있으면 11층에 내려가서 기다려주어야 하는 사람이다.

며칠 전 반전이 일어났다. 아이가 말했다.

"엄마, 내가 꾀를 좀 부렸어! 아이돌 소속사 만들어보려고!"

"응?"

"민이네 카페가 망했거든. 내가 그 틈에 소속사 차려서 아이돌을 시켜주겠다고 하려고. 아이돌은 다 좋아하잖아. 이름도 정했어. '김 앤 마카롱' 기획이야."

"김 앤 마카롱?"

"내가 사장이니까 김이고 마카롱처럼 달콤한 아이돌을 만든다는 뜻이야. 이따가 간판 만들 때 엄마가 좀 도와줘. 벌써 민이도 아이돌로 섭외했어."

"민이? 민이는 원수 아니야?"

"원수가 뭐가 중요해. 일단 회사가 잘되고 봐야지."

"그, 그래. 좋은 생각이네."

아이의 지시대로 도화지로 만든 간판을 색연필로 칠해주면서 속으로 감탄했다. '나라면 절대 떠올리지 못할 해결책이군.' 그때 수학 학원 선생님에게 전화가 왔다.

"어머님, 저기 영이가 계산을 안 하고 아무 숫자나 막 써서 숙제를 해왔는데요."

이런, 맙소사. (반전의 반전.) 또다시 고민이 시작되었다.

아이가 가르쳐준 사랑

당연한 것들이 갑자기 생경하게 느껴질 때가 있다. "엄마, 잘 잤어?" 딸아이가 나를 깨우며 아침 인사를 할 때 새삼 놀란다. '아, 맞다. 내가 엄마지!' 9년을 엄마로 지냈는데 엄마로서의 정체성은 밤사이 잊힐 만큼 가볍다.

아이가 태어나면 뚝딱 엄마와 아빠로 재탄생되고 모성애와 부성애가 저절로 장착되는 줄 알았다. 하지만 출산 직후 내가 느낀 감정은 사랑이 아니라 공격성이었다. 아이를 낳고 대학 병원에서 퇴원하던 날이었다. 남편이 차를 빼는 동안 대합실에서 혼자 아이를 안고 기다렸다. 깃털같이 가벼운 신생아가 닻처럼 무거워서 팔이 부들부들 떨렸다. 오감이 예민해져 주위 사람의 동작 하나하나가 신경에 거슬렸다. 똑. 딱. 똑. 딱. 시간이 천천히 흘렀다. '왜 이렇게 안 와?' 남편에게 짜증이 났다. 벤치 사이를 뛰어다니던 초등학생 남자아이에게는 알 수 없는 적개심까지 느꼈다. 아이가 근처에 올 때마다 화가 났다. 솔직한 심정으로는 이를 드러내고 공격하고 싶었다. 차에 타자마자 이성이 돌아왔다. '맙소사, 나 방금 새끼 낳은 어미 개 같았다.' 한 번도 느껴보지 못한 이상한 감정이었다. 남편을 기다린 시간은 겨우 5분이었다.

아이를 키우면서 대단한 사랑을 베풀었다고 하기는

어렵다. 내가 엄마로서 한 일은 3000번 잠을 재우고 8000번 밥을 먹이고 3만 권 책을 읽어주고 10만 번 질문에 대답해주는, 작고 귀찮고 피곤하고, 지겹고 간단하고 표도 안 나는, 그리고 말하기도 구차한 희생을 자주 끝없이 반복한 것뿐이다. 의연하게 견딘 것도 아니다. 나의 모성애는 자주 방황했다. 아이는 사랑스럽지만 모래주머니 같아서 다리에서 떼어내고 싶은 충동을 수시로 느꼈다.

극단적인 상황에서 아이를 위해 기꺼이 목숨을 내어줄 수 있다. 하지만 목숨보다 가벼운 일상의 순간에는 나를 위한 선택을 할 때가 많다. "지금 못 놀아줘. 엄마는 일해야 해" "지금 레고 못 해. 엄마 허리 아파" "지금 쿠키 못 구워. 엄마는 책 읽고 싶어" 이렇게 내가 이기적으로 굴 때마다 마음속 삼신할머니가 나타나 속삭인다. "어머님은 짜장면이 싫다고 해야지!" 마음속 삼신할머니는 성질이 고약해서 내가 아이에게 해준 일은 결코 공으로 인정해주지 않는다. 대신 내가 해주지 못한 일은 엄히 꾸짖는다.

육아 번민의 순간마다 내가 떠올리는 두 가지 조언이 있다. 하나는 엄마가 해준 말이다. 나는 당시 출산 후 로스쿨 복학을 고민했다. "학교를 관둘까? 자식은 엄마가 키워야 하지 않을까?" 내 말에 엄마는 고민거리도 아니라는 식으로 대

꾸했다. “야, 세종대왕도 유모가 키웠는데 무슨 소리니? 네가 키우는 게 아니라 아이가 자라는 거지.” 또 다른 하나는 로스쿨 재학 시절 김두식 교수님이 수업 시간에 해준 말이다. “육아 죄책감이 들면 6·25 때 흙 주워 먹고 자란 아이들도 잘 커서 멀쩡한 사회인이 되었다는 사실을 꼭 기억하세요. 여러분은 최선을 다하고 있습니다.” 아이가 자랄수록 그 말의 뜻을 알게 되었다. 아이는 스스로 자랐다. 혼자 뒤집고, 걷고, 말했다. 내가 가르쳐서는 이룰 수 없는 일들을 기특하게 혼자 해냈다.

나는 사랑을 믿지 않았다. 나의 사랑이 얄팍함을 스스로 너무나 잘 알았기 때문이다. 타인에게 주는 배려와 애정, 희생도 결국 자기애의 변주일 뿐이었다. 아이에게 주는

마음은 내가 줄 수 있는 최선이지만 그 최선은 고작 갈등하는 사랑이다. 엄마가 되어서 알게 된 사랑은 나의 모성애가 아니다. 작고 연약한 어린 생명이 나에게 주는 절대적 사랑이다. 아이의 사랑은 조건이 없고 무한하다. 부족한 나를 자신의 세상으로 받아주고 아껴준다. "엄마 사랑해!" 말을 시작한 아이는 수시로 사랑을 고백한다. 온 세상처럼 웃어준다. 퇴근하면 작은 발로 다다다다 달려와서 힘껏 안아준다. 나의 모성애는 어쩌면 아이의 무한한 사랑에 보답해주지 못해서 방황하는지도 모른다.

이런 절대적 사랑에는 단 하나의 제약이 있다. 바로 시간이다. 자신의 인생이 시작되면 부모는 배경으로 밀려나야 한다. 나도 그랬다. 엄마, 아빠보다 나만 생각한다. 그래서 아이가 나를 사랑해주는 이 짧은 시간이 손가락 사이로 빠져나가는 달빛 같은 것임을 안다. 혼돈과 인내, 행복과 괴로움이 뒤섞인 아름다운 나의 육아 시절이 지나가면 나의 사랑스러운 모래주머니, 너는 곧 나를 잊겠지만 나는 어쩐지 이 시절을 영원히 잊지 못할 것 같다.

짧고 소중한 나의 밤

"젊음은 젊은이들에게 낭비된다." 조지 버나드 쇼가 말했다. 낭비하지 않는 삶이 무엇인지는 의문이지만 하루가 온전히 나의 차지였을 때는 시간을 소중히 여기지 않았다. 용건도 없이 학회실에서 몇 시간씩 수다를 떨었고 피곤하지 않아도 잠을 많이 잤다. 하루가 단조롭고 지루했다. 시간은 천천히 갔다.

하지만 요즘은 지루할 틈이 없다. 일과 육아가 톱니바퀴처럼 돌아간다. 예전의 나는 전형적인 올빼미형 인간이었다. 새벽형 아이를 낳은 후에는 늦게 자고 일찍 일어나는 사람이 되었다. 깨어 있는 시간이 늘었는데도 시간에 쫓긴다. 야근을 피하려고 일과 시간은 전투적으로 보낸다. 상담과 서면 쓰기를 번갈아 하다 틈틈이 전화를 받는다. 점심 식사는 일하면서 먹을 수 있는 샌드위치나 샐러드로 때운다. 숨 돌릴 시간도 없이 일하다 보면 어느새 저녁이다. 시터 이모의 퇴근 시간에 맞추어 전속력으로 서초동을 가로지른다. 재판이 있는 날은 더욱 바쁘다. 두 시간을 운전해서 경기도 여주에 도착하면 10분 동안 변론한다. 퇴근하는데 러시아워에 걸려 차가 막히기 시작한다. 네비게이션의 예상 도착 시간이 늘어날수록 마음이 조여든다. 신발을 다 벗지도 못하고 소리친다. "엄마 왔다!" 아이를 한번 안아주고, 저녁밥을

준비하고, 숙제를 챙기고, 씻기고, 재운다.

주말에도 바쁘다. 새벽형 아이는 주말에도 당연히 새벽에 일어난다. "주말이니까 놀아줘!" 바쁜 엄마는 양심의 가책을 덜기 위해 주말에는 더욱 본격적으로 육아에 매진한다. 아이는 요구 사항이 많다. 평일에 하지 못한 쿠키 만들기를 한다. 결국에는 아이가 지겨워하겠지만 흥미로워 보이는 어린이 미술 전시회를 찾아간다. 인라인스케이트를 타러 간다. 아이는 항상 질문이 많다. "민주주의가 뭐야?" 같은 대답하기 복잡한 질문부터, (뉴진스 포토 카드를 내밀며) "이 언니 누구게?" 등의 답을 모르는 질문까지 그야말로 다종다양하다. 레고블록 놀이, 인형 놀이, 그림 그리기도 함께한다. 아이가 하는 모든 행동에 제대로 반응해주어야 한다. "재미있는 그림이네!" "엄마는 어떤 점이 재미있어?" 잠시만 딴생각해도 아이가 득달같이 눈치챈다. "엄마 왜 내 말 무시해? 집중해!" 저녁쯤이 되면 인내심이 완전히 고갈된다. 아이가 잠들기만을 기다린다. 하지만 아이는 쉽게 잠들지 않는다. "엄마, 피곤한데 잠이 안 와." "괜찮아. 그럴 때도 있지. 누워서 쉰다고 생각해." 아무렇지도 않은 척하지만, 속으로 '제발 좀 자라, 자라, 자라' 주문을 외운다.

아이가 잠이 들어야 나만의 시간이 주어진다. 특별한

일을 하는 것도 아니다. '아무도 나에게 말을 걸지 않은' 고요한 상태로 있는 것이 핵심이다. 책 좀 읽고, 차도 한 잔 마시고, 그림을 그리거나 글을 쓴다. 한마디로 무용하게 혼자 빈둥대는 시간이다. 또 다른 새벽형 인간인 남편이 먼저 자러 가면서 일침을 가한다. "또 쓸데없는 거 하네. 아침에 후회하지 말고 일찍 좀 자." 맞는 말이다. 아침마다 후회한다. "어제는 일찍 잤어야 하는데!" 비몽사몽 출근하고 다시 하루가 시작된다.

나는 왜 잠을 줄여가며 빈둥댈까. 바쁜 삶이 싫지는 않다. '일하는 나, 엄마인 나, 집안일을 하는 나'가 사회와 가정에 유용하다. 타인을 위해 시간을 사용하며 삶의 보람도 느낀다. 하지만 나에게는 나만을 위한 시간이 필요하다. 쓸

데없는 짓을 하는, 잠을 줄여 만든 그 두세 시간이 소중하다. 그 무용한 시간이 나를 나답게 해준다. 열대 우림의 나무는 나이테가 없거나 흐리다. 나이테는 계절의 변화에 따른 생장 속도 차이로 만들어져서, 언제나 여름인 열대의 나무에는 세월의 흔적이 남지 않기 때문이다. 유용과 무용, 성숙과 미숙이 번갈아 나타나서 나의 마음에 나이테를 아로새긴다. 조지 버나드 쇼의 말처럼 삶을 낭비하는 것이 젊은이의 징표라면, 애써 만든 짧고 소중한, 무용하게 낭비되는 밤이 나의 젊은 마음일지도 모르겠다.

겁쟁이 키우기

우리 아이는 유독 겁이 많다. 아기 때부터 그랬다. 미끄럼틀을 탈 때도 조심조심 한 발 한 발 확인했다. 지금까지도 절대로 그네를 뒤에서 밀지 못하게 한다. 킥보드를 탈 때도 다리를 땅에서 떼는 법이 없다.

아이가 겁이 많으면 불편한 일이 한둘이 아니다. 〈아기 돼지 3형제〉 인형극을 보러 갔는데 아이는 늑대가 나오자마자 무섭다고 울어댔다. 그러면 그만 보고 나가자고 했더니 이후의 내용이 궁금해서 가기는 싫단다. 비상구 커튼 뒤에서 한 시간을 서서 인형극을 보았다. "다리 아파." 나도 다리가 아프지만 중간중간 안아주기까지 해야 했다.

한번은 친구들과 스포츠 수업을 듣기로 했다. 센터에 가자마자 코치 선생님으로부터 전화가 왔다.

"어머님, 영이가 무섭다고 너무 우네요. 지금 바꿔 드릴 테니 좀 달래주실 수 있을까요?"

"네, 선생님. 죄송합니다."

"엄마, 나는 못 해."

"무섭다고 엄마가 갈 수 없어. 엄마 지금 일하잖아. 네가 극복해야 해. 잘할 수 있지?"

"응…."

아무렇지 않은 척 전화를 끊지만 수업이 끝나는 시간

까지 마음이 싱숭생숭하다. 잘 때 방문은 꼭 10센티미터 정도 열어두어야 한다. 이유를 물어도 대답이 시원찮다.

"문 닫고 자면 안 돼? 거실에서 아빠가 텔레비전 봐서 시끄럽잖아."

"안 돼. 무서워."

"그러니까 뭐가 무서워?"

"그냥 무서워."

겨우 잠이 들려고 하다가 갑자기 울먹인다.

"엄마, 자꾸 무서운 생각이 나."

"그럴 수도 있지. 엄마도 맨날 그래. 무슨 생각인데? 좋은 생각으로 바꾸어볼까?"

얼른 애를 재우고 집으로 싸 들고 온 일을 해야 하는 엄마로서는 괴로운 일이 아닐 수 없다. 갑갑한 마음에 30년 차 소아과 의사인 친정 아빠에게 전화했다.

"아빠, 재는 도대체 왜 저렇게 겁이 많을까요?"

"사람마다 타고난 기질이 다르잖아. 아빠도 어릴 때 겁이 많았다. 네가 많이 기다려주렴. 겁이 많은 사람도 오래 노력하면 진짜 용기가 생긴단다."

아빠와 전화를 끊고 생각했다. 진짜 용기! 어쩐지 《나니아 연대기》 1편 '사자, 마녀, 그리고 옷장'의 아슬란이 떠오

른다. 아슬란은 배신자인 에드먼드를 구하기 위해 마녀에게 자신의 목숨을 내어준다. 그리고 부활해서 마녀를 물리친다(예수님의 부활과 같은 맥락이지만 예수님은 신의 아들이기 때문에 용기 있는 사람은 아닌 것 같다. 물론 아슬란도 인간이 아니고 황금빛 사자이지만). 우리가 진짜 용기로 인정하는 것은 '그럼에도 불구하고'가 포함된 용기다. 두려움에도 불구하고, 실패할 것임에도 불구하고, 죽음에도 불구하고 힘을 내서 나아가야 용기다. 잘 모르면서 돌진하는 것은 용감하다고 하지 않고 무모하다고 한다.

아이보다 겁이 없는 나는 과연 용감한 사람일까? 어릴 때 귀신이 무서웠다. 잠들 때까지 방에 불을 환하게 켰다. 엄마가 사라지는 것도 무서웠다. 엄마가 집을 나간 적도 없는데 그랬다. 일곱 살 때 꾼 꿈이 아직도 기억에 생생하다. 꿈에서 나는 신데렐라였는데(이름이 신데렐라일 뿐 왕자와 전혀 무관한 신데렐라였다) 새엄마에게 혹독하게 구박당했다. 엄마가 여행에서 돌아와서 진실이 밝혀지고 악독한 새엄마를 쫓아냈다. "드디어 우리 엄마가 돌아왔구나!" 신이 났다. 그때 갑자기 시종이 병정을 대동하고 들이닥쳤다.

"이 집에 아이를 괴롭히는 새엄마가 있다고 해서 잡으러 왔다!"

병정들이 아동 학대범으로 우리 엄마를 체포했다.

"우리 친엄마예요. 새엄마는 아침에 쫓겨났어요. 정말이에요."

울면서 사정했는데도 시종은 콧방귀를 뀌며 나를 떼어냈다.

"나쁜 새엄마를 감싸줄 필요 없다. 자, 가자!"

이제 겨우 엄마랑 행복하게 살려고 했는데 또 엄마를 끌고 가다니! 깨어나서 엄마를 붙들고 얼마나 서럽게 울었는지 모른다. 지금의 나는 귀신을 무서워하지도 않고 엄마가 사라질까 봐 걱정하지도 않는다. 내가 용감해졌을까? 그렇지 않다. 어느 순간 두려움이 그냥 자연스럽게 잊혔다.

얼마 전 아이가 문을 열고 자는 이유가 밝혀졌다. 그

날도 남편이 거실에서 드라마를 보고 있었다. 자세한 줄거리는 모르지만 김혜자 배우가 엉엉 울고 있었다.

"아이고, 시끄러워서 잠을 못 자겠네."

내가 투덜거리자 아이가 의외의 말을 꺼냈다.

"그런데 엄마, 지진 안 나겠지?"

"웬 지진?"

"지진 날 때 벽이 뒤틀려서 문이 안 열릴 수 있대. 그래서 어린이집 선생님이 지진이 나면 문을 열어놓아야 한다고 했어. 지진 안 나면 문 닫아도 돼."

이럴 수가! 지진이 이유였다니!

2016년에 경주에 규모 5.8 지진이 발생했고 2017년에는 포항에 규모 5.4 지진이 발생했다. 아이가 여섯 살 때까지 대구에 살았는데 대구에도 지진 여파가 대단했다. 2016년에 지진이 났을 때는 로스쿨에 다니고 있었다. 저녁에 도서관에서 공부하는데 건물이 흔들렸다. 건물이 낡아서 무너지는 줄 알았다. 놀라서 동기들과 건물 밖으로 뛰어나갔다. 나중에 보니 경주에 지진이 발생했다고 했다. 그 후 며칠간 지진이 났다. 한밤중에 땅이 흔들려서 잠에서 깼던 적도 있다. 자는 아이를 둘러메고 뛰어나갈지 고민했다. 단발적인 사건인 줄 알았는데 2017년에 또 지진이 났다. 포항에서 대학교 건물이 무너졌다. 경북 지역이 난리였다. 어린이집에서 지진 대피 훈련도 했다. 나도 지진을 겪은 후 한동안 트라우마에 시달렸다. 밤마다 바닥에 귀를 대고 가만히 소리를 들었다. 땅이 움직이는 소리가 들리는 것 같았다. 집이 무너지는 상상을 반복했다. 지인 중 한 명은 자꾸만 땅이 흔들리는 것 같아 불안해서 책상 위에 물 한 잔을 올려두었다. 물이 진짜로 흔들리나 보기 위해서였다.

아이가 6년 동안이나(아홉 살이니 인생의 3분의 2다!) 지진이 걱정되어서 문을 열고 잤다니 충격이었다. 동시에 내가 지진의 공포를 까맣게 잊었다는 사실도 놀라웠다. '그냥 무모하게 사는 거였네?' 용기가 두려움의 감수라면 나는 아무것도 감수하지 않았다. 그저 두려움을 망각하고 살고 있었다. 귀신이나 엄마와의 이별이나 지진을 머릿속에서 슬쩍 지우고, 그 밖에 내가 모르는 하지만 발생할 만한 모든 사건 사고와 자연재해 등의 위험을 무모하게 덮어두고 지나친다. 무모함을 차곡차곡 쌓아서 겁이 없는 사람처럼, 용기 있는 사람처럼, 어른처럼 살았다.

겁이 많은 아이는 키우기 힘들다. 하지만 막상 용감한 아이를 상상해보니 너무나 두렵다. 나는 위험을 감수하려는 고객을 뜯어말리는 변호사다. "리스크가 너무 커요. 굳이 하지 맙시다." 결정해야 하는 순간에는 얻을 것보다 잃을 것을 생각한다. 하지만 고객이 리스크를 감내하면 나도 감내해야 한다. 아이가 위험을 감수하지 않기를 바란다. 하지만 아이가 위험을 감수하면 나도 위험을 감수해야 한다. 아이가 용감해지면 부모도 용감해져야 한다. 과연 나는 용감한 사람이 될 수 있을까? 나는 늘 무모하게만 살았는데.

예민한 사람

얼마 전 친척 모임에서 남편이 나에 관해 하는 이야기를 들었다. "소임이가 성격이 무던하잖아요." 그 이야기를 듣던 나는 속으로 적잖이 충격받았다. '내가? 나는 너무 예민해서 문제 아닌가?' 내가 알기로 나는 지나치게 예민했다. 쓸데없이 생각이 너무 많았다. 나의 고칠 점 목록에는 늘 '평가하기, 비평하기, 비난하기'가 있다. 또 신년 결심 목록에는 '너그럽게 굴기, 친절하기, 이해하기'가 있다. 신을 믿고, 잡생각 없이 공부하고, 권위에 굴복하면 얼마나 살기 편할까! 그것이 바로 이 사회가 원하는 인재상인데. 나는 불만 많은 부적응자였다. 그런데 결혼 10년 차인 남편이 나를 무던하다고 평가했다. 너무 충격적인 평가라 고등학교 친구에게 카카오톡을 보냈다.

"야, 우리 남편이 내가 무던하대. 진짜 놀라버렸다."

친구는 박장대소했다.

"ㅋㅋㅋㅋㅋㅋㅋㅋㅋㅋㅋ 너만큼 예민한 아이도 잘 없는데. 남편 진짜 속 편하게 산다."

그런데 곰곰이 생각해보니 나의 예민함은 머릿속에 있어서 남편이 모를 수도 있겠다 싶었다. 표면적으로 나는 잔소리가 없고 허용적인 사람이기 때문이다. 내가 예민한 사람인지 아닌지가 조금 헷갈렸다. 예민한 사람이 무슨 뜻

인지 고민하다가 사전에서 '예민하다'를 찾아보았다(무언가가 헷갈리면 나는 일단 사전을 찾는다). 표준국어대사전에서는 '예민하다'를 세 가지로 정의한다. ① 무엇인가를 느끼는 능력이나 분석하고 판단하는 능력이 빠르고 뛰어나다. ② 자극에 대한 반응이나 감각이 지나치게 날카롭다. ③ 어떤 문제의 성격이 여러 사람의 관심을 불러일으킬 만큼 중대하고 그 처리에 많은 갈등이 있는 상태에 있다. 아하! 1번과 2번의 차이가 예민함의 핵심이다. 예민하게 느끼는 것과 예민하게 반응하는 것.

그러고 보니 나는 이미 그 차이를 알고 있었다. 대학교 때 어쩌다 재주 하나를 발견했다. 바로 생수 맛을 구별하는 능력이었다. 친구들이 신기하다며 종이컵에 물을 부어

블라인드 테스트를 했다. 삼다수와 아이시스와 에비앙과 피지워터 정도는 간단히 구별했다. 거의 어린 장금이 수준이었다. "삼다수 맛이라 삼다수라 생각하온 것인데…." 재주를 발견하고 한동안은 편의점이나 백화점 식품관에서 다양한 생수를 사서 마셨다. 용돈을 허비하는 취미였는데 '술을 안 마시니까 술값 대신 물값을 쓰는 셈이지' 하고 자기 합리화를 했다.

그런데 어느 날 갑자기 이런 생각이 들었다. '이게 무슨 헛짓거리람.' 예민하게 물맛을 느낀다고 해서 굳이 예민하게 굴 필요는 없었다. 물론 예민함을 파고들 수도 있었다(2013년에 워터 소믈리에 자격증이 생겼다. 미래 유망 직종에 '워터 소믈리에'가 랭킹에 올랐다고 한다). 하지만 내가 원하는 삶의 방향은 이런 종류의 예민함이 아니었다. 그래서 의식적으로 물맛에 신경을 끊기로 결심했다. 예민하게 행동하고 싶지 않았다. 그 후로 내가 포기할 수 있는 예민함은 늘 포기했다.

'예민하다'의 첫 번째 의미에 따르면 예민한 감각 자체는 사실 좋지도 나쁘지도 않다. 오히려 나쁜 쪽에 가까울 수도 있겠다. 예민함은 보통 불편함으로 연결된다. 다른 사람에게는 아무렇지도 않은 일이 나에게는 문제가 된다. 모두 신발을 신고 걷는 길을 나 혼자 맨발로 걷는 것 같다. 하지만 예민함을 잘 관리하면 재능으로 연결될 수도 있다. 내가 아직 버리지 못한 예민함은 온갖 문제에 관해 온갖 방향으로 생각하는 것이다.

한편 '예민하다'의 두 번째 정의에 따르면 예민한 행동은 선택하는 것이다. 내가 느낀 예민함을 행동에 옮길지는 나의 선택에 달려 있다. 남편이 나를 무던한 사람으로 평하는 이유는 내가 남편을 예민하게 평가하고 그 평가에 따라 예민하게 행동하지 않았기 때문이다. 우리 남편은 하고 싶은 것은 별로 없지만 하기 싫은 것은 절대로 하기 싫어하는 사람이다. 그래서 '하기 싫은 것은 하지 말아라' 하고 내버려둔다. 예민한 생각이 행동으로 나아가지 않고 무던함으로 변화했다. 훗! 남편이 나를 무던한 사람으로 보고 있다는 사실이 아주 뿌듯했다. 이것이야말로 오랜 세월 예민하게도 무던한 사람이 되려고 내가 발버둥 쳐온 노력의 결실이다! 갑자기 엄청난 깨달음을 얻은 것처럼 신비로운 기분이 들었다. '결혼 10년 차가 되니 역시 나도 성숙해졌군.'

하지만 역시 그것은 엄청난 착각이었다. 자기 계발을 위해 《나만을 위한 레이 달리오의 원칙》을 읽고 있었는데 주위 사람한테 자신의 장점과 단점 세 가지를 물어보라는 과제가 있었다. 그래서 오전에 남편에게 문자를 보냈는

데 저녁 무렵에야 답이 왔다. '장점: 사람을 잘 파악한다. 단점: 잘 파악한 것으로 엿을 먹인다.' 아니, 이 자가! 속이 부글부글 끓는다. 남편에게 예민한 행동의 무서움을 보여주어야겠다.

남몰래 신는 다정함

'남몰래 내가 신경 쓰는 것은?'이라는 질문으로 인스타그램 팔로워들에게 설문했다. 나의 답은 양말이었다. 나는 예쁜 양말을 좋아한다. 양말의 기본 소재는 면이다. 면에 어떤 섬유를 섞었는지, 실크 혼방인지, 울 혼방인지, 레이온 혼방인지, 나일론 혼방인지, 또 얼마나 섞었는지에 따라 촉감이 달라진다. 색깔과 무늬는 소재보다 더 다양하다. 이 글을 쓰는 지금은 비둘기색 바탕에 연두색 딱정벌레 무늬의 '본 메종' 양말을 신고 있다. 양말에 대한 상식 하나. 양말은 직물이 아니라 편물이다. 따라서 양말은 하나씩 완성된다. 초등학생이 좋아하는 퀴즈 하나. '말은 말인데 발만 타는 말은?' 정답은 '양말'이다.

내가 이렇게 골똘히 양말이나 생각하는 동안 사람들이 써준 답은 이랬다. '이어폰으로 음악 들을 때 소리가 새어 나오지 않도록 볼륨 줄이기' '다음 사람을 위해 문 잡아주기' '식당에서 메뉴를 고를 때 상대방의 식성을 생각하기' '엘리베이터에 누가 타고 있으면 안 보이게 숨어서 그 사람이 편히 올라가도록 기다리기' 등등. 답을 보고 반성했다. '이렇게나 다정한 사람이 많구나.' 나는 남몰래 양말로 개성 신장이나 꾀하고 있었는데 다른 사람들은 남몰래 나를 배려했다. 타인의 다정한 배려와 친절과 양보 덕에 우리는 오늘도 팍

팍한 하루를 견딘다. 일상에서 스치는 모르는 사람들의 마음속에는 다정한 마음이 숨어 있다고 생각하니 세상이 아름답게 느껴진다.

배려, 친절, 양보라는 단어를 뜯어보면 재미있는 공통점이 있다. 배려(配慮)는 나눌 배(配)에 생각할 려(慮)를 쓴다. 나눌 배는 술이 잘 익었는지 보기 위해 술독을 살피는 사람의 모습을 따서 만든 글자로, 나누다라는 의미 외에도 자세히 살펴본다는 의미가 포함되어 있다. 배려는 자세히 살펴보고 생각한다는 의미다. 친절(親切)은 친할 친(親)에 끊을 절(切)을 쓴다. 끊을 절은 정성스럽고 적절하다는 의미로도 쓰인다. 친절은 친한 마음으로 정성을 다한다는 의미다. 양보(讓步)는 사양할 양(讓)에 걸음 보(步)를 쓴다. 양보는 남을 위해 발걸음을 멈춘다는 의미다. 배려와 친절과 양보는 맹목적 선함이 아니라 사려 깊은 선함이다.

적자생존의 세상에서 배려는 약함으로, 친절은 가식으로, 양보는 멍청함으로 치부되기 일쑤다. 하지만 다정한 사람이 되기 위해서는 많은 것이 갖추어져야 한다. 상황을 살피고 타인의 마음을 이해하기 위한 고기능 인지 능력이 필요하다. 나의 일부를 기꺼이 내어줄 수 있는 여유와 실천력도 있어야 한다. 다정한 사람은 타인이 나에게 베푸는 다

정함의 가치를 이해한다. 톨스토이가 말했듯 당신이 친절하고 현명할수록 타인에게서 더 많은 친절을 발견할 수 있다.

괴롭고 팍팍한 현실에서 다정한 마음을 유지하기란 쉽지 않다. 무례하고 무신경한 사람이 편히 사는 것 같다. "안 주고 안 받을래요." 상처받지 않기 위해 몸을 움츠린다. 이럴 때 다정함이 무엇인지 떠올린다. 우리는 되돌려받기 위해 다정한가? 나는 타인의 다정함에 모두 보답했는가? 우리는 왜 다정한가? 다정함은 어쩌면 나를 위한 마음일지도 모른다. 내가 되고 싶은 사람이 되기 위해서, 나의 품위를 스스로 지키기 위해서, 남에게 드러내는 나의 모습에 책임을 지기 위해서 우리는 다정한 사람이 된다. 내가 다정한 마음을 잃지 않기를 바란다. 타인에게 베푼 마음을 아까워하지

않았으면 좋겠다. 더 강한 사람이 되어서 더 다정한 사람이 되고 싶다.

알록달록한 양말은 변호사를 하면서 모으기 시작했다. 늘 검은색 정장을 입어야 하는 신세라 남몰래 양말로 멋을 부렸다. 발등이 덮이는 로퍼에 긴 바지를 입으면 아주 감쪽같았다. 이제는 양말을 신을 때마다 타인의 다정함이 떠오른다. 무심한 얼굴로 스치고 지나가는 사람들도 보이지 않은 다정함을 남몰래 신고 있는 것 아닐까? 그런 상상을 하면 기분이 참 좋다.

너는 왜 사니?

카페 창가에 앉아서 길거리를 본다. 지나가는 사람 하나하나가 신비롭게도 달라서 재미있다. 어떤 사람은 눈이 크고 또 어떤 사람은 한쪽에만 쌍꺼풀이 있다. 팔다리가 길고 가늘어서 거미처럼 걷는 사람이 있는가 하면 기러기처럼 목을 꺾어 바닥만 보며 걷는 사람도 있다. 저렇게 다른 사람들이 어떤 삶을 살다가 이 시간, 이 거리를 지나가게 되었는지 궁금하다. 잠시 잠깐 사이 그들은 길 저쪽 편으로 사라진다. 어떤 인연은 이렇게도 짧게 끝이 난다.

대학교 동기인 은이가 일찍 죽은 후부터 나는 짧은 인연에 관해 자주 생각한다. 어쩌면 은이가 살아 있었다면 다른 많은 대학교 동기처럼 지금쯤 자연스럽게 연락이 끊겼을지도 모른다. 우연히 길에서 마주치면 "잘 지냈니? 너무 오랜만이다" 하고 반갑게 인사할 것이다. "언제 한번 밥 먹자"라고 약속하고 헤어졌을 것이다. 연락해야지 생각하다가 바빠서 서로 잊을 것이다. 은이가 무사했더라도 우리의 인연은 짧았을지 모른다.

돌이켜보면 나와 성격이 전혀 맞지 않은 친구였다. 같은 학회여서, 경상도 출신의 여자아이라서 자연스레 붙어 다녔을 뿐 드라마틱하게 친해진 계기도 없었다. 은이는 극단적이었다. 평소에는 얌전하다가도 세미나를 하면 갑자기

공격적으로 되었다. 매사에 진지했다. 공부도 지나치게 열심히 했고(교수님이 답안지를 보더니 A 플러스에 플러스를 주어야 한다고 말할 정도였다), 페미니즘에 몰두했을 때는 갑자기 삭발로 나타났다. 그래도 나는 은이가 좋았다. 모든 일에 시큰둥해하며 해파리처럼 부유하던 나와는 달리 매번 전력 질주하던 사람. 사실 은이가 나를 어떤 사람으로 생각했는지 모르겠다. 은이는 늘 자기 이야기만 했다. 하지만 나를 꽤 믿음직한 친구라고 여겼던 것 같다. 도움이 필요한 순간에는 나에게 손을 내밀었다. 마지막 순간에만 빼고. 은이는 망설이다가 내민 손을 다시 주머니에 집어넣었다.

바로 전날, 은이와 선배와 셋이서 점심을 먹었다. 졸업 사진을 찍고 몇 주 뒤였다. 나는 대책 없이 휴학을 신청했고 은이는 대학원에 진학할 예정이었다. 셋이 무슨 이야기를 했는지 이제는 전혀 기억나지 않는다. 진로 고민 같은 평범한 이야기였을 것이다. 밥을 먹고 은이가 갑자기 학교 매점에서 아이스크림을 사주었다. 용돈을 쪼개 빡빡하게 살던 아이라 웬일인가 싶었다. 선배가 가고 나서 벤치에 나란히 앉아서 물었다.

"지난주에 무슨 할 말 있다고 하지 않았어? 뭐였니?"

은이는 해사하게 웃었다.

"아니야, 이제 다 해결되었어."

"그래? 잘되었네."

날씨가 좋은 날이었다. 바람이 선선했고 햇살이 눈부셨다. 은이는 오랫동안 우울증을 앓았다. 오랜만에 미소를 보니 안심되었다. 다행이다, 안심된다 생각했다. "하고 싶은 말 생기면 언제든지 연락해." 나의 말에 은이는 고개를 끄덕였다.

다음 날 이른 아침이었다. 모르는 번호로 전화가 왔다.

"안녕하세요. 은이 이모인데요, 혹시 우리 은이 괴롭히던 사람이 있나요? 이상한 남자라든지요."

"네? 아니요. 그런 이야기는 못 들었어요. 무슨 일로 그러세요?"

"그게… 우리 은이한테 사고가 나서."

"사고요? 은이 괜찮나요?"

"아니요. 안 괜찮아요."

"안 괜찮다니요? 무슨 말씀이세요?"

"어젯밤에 은이가 투신을 했어요. 여기 고려대 병원 장례식장이에요."

나는 제대로 말도 못 하고 침대에 앉아 정신없이 울었다. 삼촌 댁에 살 때라서 울음소리에 놀라 숙모가 뛰어왔다.

"무슨 일이니?"

"친구한테 사고가 났대요. 어젯밤에 죽었대요. 숙모 어떡해요?"

장례식장에서 은이의 부모님을 처음 보았다. 은이에게 가족 이야기는 많이 들었다. 자기네 가족은 서로 정이 없다고 했다. 각자 방문을 닫고 지낸다고. 하지만 장례식장에서 은이 어머님은 나를 안고 통곡했다.

"은아, 내가 잘못했어. 이 세상이 참 험하잖아. 그래서 가혹하게 굴었어. 참고 이겨내라고. 내가 모질었어."

"아니에요, 어머님. 제가 죄송해요. 어제 같이 밥을 먹었는데 무슨 일인지 붙들고 물어볼걸 그랬어요. 정말 죄송해요."

은이 아버님의 차를 타고 함께 원룸에 짐을 챙기러 갔다. 옷장에 옷이 몇 벌 되지 않았다. 아버님이 말했다.

"우리 은이는 남들처럼 꾸며보지도 못했는데. 재미있게 놀아보지도 못했는데."

목소리가 파르르 떨렸다. 은이의 유서를 읽어보았다. 자신은 아무리 노력해도 괴물일 뿐이라고 했다. 살아 있을 때 그렇게 말했다면 너는 괴물이 아니라고 설득해보았을 것이다. 설득하다가 포기하고 한숨을 쉬며 이렇게 말했을 것이다. "야, 그러면 그냥 같이 멋진 괴물이나 되자." 은이는 멋쩍게 웃었을 것이다.

다음 날 관광버스를 타고 불광동에 있는 화장터에 갔다. 버스 창가로 길거리에 간판이 끝없이 지나갔다. 불가마, 노래방, 찐만두, 베이커리…. 단어들이 아무 의미 없는 음소가 되어 머릿속을 떠다닌다. 스물네 살은 죽기에 너무 이른 나이 아닌가. 고소 공포증이 있는데 어떻게 그 높은 곳에 올라갔을까. 도무지 말이 되지 않았다.

화장터는 공포 소설에서 읽은 것과 달리 밝은 분위기였다. 천장이 유리로 되어 있어서 고급스러운 썬룸 같았다. 은이의 왼쪽에는 나이 많은 할머니가, 오른쪽에는 은이처럼 젊은 사람이 불타고 있었다. 다 타고 남은 재는 하얀 장갑을

낀 직원이 공손하게 모아서 분골실로 옮겼다. 기계가 바드득 소리를 내며 뼈를 갈았다. 은이가, 바드득 소리를 내며 부서졌다.

은이의 죽음으로 나의 삶이 변하지는 않았다. 커피를 마시다가, 떡볶이를 먹다가 가끔 사무치게 슬플 때가 있었지만 일시적인 감정이다. 슬픔은 시간이 갈수록 무디어진다. 은이가 죽은 뒤 1년쯤 지나서인가 꿈을 꾸었다. 나는 침대에 앉아 있었고, 은이는 위태롭게 발을 밖으로 내밀고 창가에 앉아 있었다.

"너는 왜 사니?"

은이가 나에게 물었다. 어처구니가 없어서 웃음이 나왔다.

"너는 왜 죽었니? 끝까지 아주 고집불통이네."

은이는 마음에 구멍이 있었다. 좋은 말을 아무리 해주어도 구멍은 메꾸어지지 않았다. 그래도 조금 더 살았다면 너의 구멍을 언젠가 메꿀 수 있지 않았을까? 짧은 인연이 슬프지는 않다. 그냥 은이가 가지지 못한 기회가 슬프다.

"너는 왜 사니?"라고 물으면 딱히 이유는 없다. '왜'로 시작하는 질문이 정당하기 위해서는 대상에 어떤 목적이 있어야 한다. 하지만 인간은 목적 없이 그냥 존재한다. 태어났기 때문에 산다.

창가에 지나가는 사람을 본다. 각자의 개성으로 그냥 존재하는, 걸어가는 사람들을 보면 아름답다. 모든 사람이 한없이 아름다워서 참 슬프다.

생일 축하합니다

디즈니에서 1951년에 나온 애니메이션 〈이상한 나라의 앨리스〉에서 가장 유명한 노래는 미친 모자 장수가 부르는 〈언벌스데이 송(The Unbirthday Song)〉이다. 길을 헤매던 앨리스는 삼월 토끼와 미친 모자 장수 그리고 겨울잠 쥐의 우스꽝스러운 다과회에 참석하게 된다. 그들은 고장 난 시계 때문에 끝없이 차를 마시며 더러운 테이블을 돌고 있다. 미친 모자 장수가 흥겹게 노래 부른다. "나의 안 생일을 축하합니다(A very merry unbirthday to me)." (참고로 원작의 안 생일날은 〈이상한 나라의 앨리스〉의 '이상한 다과회' 편이 아니라 〈거울나라의 앨리스〉의 '험프티 덤프티' 편에 등장한다.)

안 생일날이라니! 천재적인 개념이다. 관점의 변화만으로 364일을 특별히 축하할 수 있다. 앨리스는 오늘은 자신의 안 생일날이기도 하다며 슬며시 다과회에 낀다. 어릴 때 이 장면을 참 좋아했다. 〈이상한 나라의 앨리스〉의 다른 기괴한 장면에 비해서(바다표범이 아기 굴들을 유혹해서 잡아먹는 부분은 충격이었다) 미친 모자 장수는 상대적으로 무섭지 않았다. 무엇보다 매일 잔치를 벌인다니 정말이지 신났다.

한 가지 의문이 들기는 했다. '그러면 진짜 나의 생일은 어쩌지? 음…. 아마 생일은 생일대로 또 축하해주겠지?' 이렇게 생각했다가 생일이 다른 복수의 사람이 모여 있다면

364일이 아니라 365일이 안 생일날이니 운영상 문제가 없겠다고 결론내렸다. 나의 생일이 누군가에게는 안 생일이기 때문이다. '365일을 축하하겠군.' 만족스러웠다. 규칙에 하루의 예외는 있었지만.

그런데 며칠 전 아이 덕분에 또 다른 관점의 생일 축하 방법을 깨달았다. 산책하다가 아이가 갑자기 신나서 생일 축하 노래를 불렀다.

"생일 축하합니다. 생일 축하합니다. 누군가의 생일을 축하합니다."

"갑자기 웬 생일 축하?"

"이 세상의 누군가는 오늘 생일이잖아. 그러니까 그 아이의 생일을 내가 축하해주는 거지. 생일 축하합니다. 생일 축하합니다. 아무나의 생일을 축하합니다."

그렇다. 매일매일은 누군가의 생일이다. 모든 인류가 365일 중 하루씩을 생일로 나누어 가졌다. 아이의 노래를 듣고 있자니 모든 인류가 거대한 생일 케이크를 사이좋게 한 조각씩 나누어 먹는 흐뭇한 장면이 떠올랐다. 원래 국어사전상 '축하'의 정의는 "남의 좋은 일을 기뻐하고 즐거워한다는 뜻으로 인사함"이다. 축하는 타인의 기쁨을 향하는 인사라는 의미다. 우리말 단어의 정의로 본다면 누군가의 생일을 축하하는 일이 나의 안 생일날을 축하하는 일보다 합당하다(반면 영어 congratulation에는 자기만족의 의미도 포함되어 있다). 게다가 모두의 생일을 축하하면 예외 없이 365일을 축하할 수 있다. 완벽해!

생일 축하의 관점 변화를 통해 세상을 어떻게 바라보아야 할지에 관해 생각했다. 나의 특별한 하루를 축하하는 일에서, 그 하루를 제외한 다른 모든 날을 축하함으로써 기쁨을 증대할 수도 있다. 타인의 특별한 날을 축하함으로써 365일을 함께 기뻐할 수도 있다. 매일 생일 파티의 마음으로 살 수 있다. 방법은 간단하다. 누군가의 기쁨을 나의 기쁨으로 여기기만 하면 된다. 나이가 들수록 축하할 일이 줄어든다. 1년에 단 하루인 나의 생일도 그저 그런 하루와 다르지 않다. 고작해야 케이크 초를 불고 외식하는 정도다. 생일이 뭐 대수인가. 온 세상에 슬픈 일은 너무 많고, 이 망할 세상에서 거품처럼 꺼져비리고 싶은데. 하지만 아무나의 생일을 축하하는 아이의 노래를 듣고 있자니 세상을 조금 더 잔치 바라보듯 보아야 하지 않을까 하는 생각이 들었다. 누군가의 생일, 누군가의 행복, 누군가의 즐거움이 오늘도 세상 어딘가에 있겠지. 이런 상상만으로 세상이 조금 달리 보인다. 자, 그러니 이제부터는 매일 함께 축하하자. 누군가, 아무나, 아니, 특별한 당신의 생일을.

불균형에서 균형 찾기

필라테스 선생님의 평에 따르면 나의 오른쪽 골반은 앞으로 틀어져 있다. 골반이 틀어져서 척추와 어깨까지 몸 전체가 틀어지게 된다. 이 모든 불균형의 원흉은 내가 오른손잡이이기 때문이다. 오른손을 쓰다 보니 상대적으로 오른쪽이 발달하게 되고 골반이 오른쪽 앞으로 틀어졌다. 결과적으로 오른쪽 다리는 왼쪽에 비해 위로 들리지 않고 스트레칭을 할 때마다 우두둑 소리가 났다. 얼마 전에 필라테스 선생님께 이런 해결책을 제시해보았다.

"선생님, 그러면 평소에 왼쪽 다리를 위로 꼬고 앉으면 균형을 찾을 수 있지 않을까요?"

선생님은 한숨을 쉬며 고개를 절레절레 흔들었다.

"다른 회원님들도 전부 그 이야기를 하시더라고요. 그러면 다시 몸이 반대로 틀어질 거예요. 다리를 안 꼬려고 노력하셔야지요…."

역시 내가 떠올린 기가 막힌 아이디어는 누구나 떠올릴 수 있는 아이디어였다(그리고 매우 높은 확률로 쓸모없는 아이디어다). 선생님의 한심해하는 표정을 보고 우리 몸을 너무 헤겔처럼 생각했나 반성했다. '필라테스는 정반합이 안 통하네.' 우리 몸의 균형을 찾는 일도 간단치 않다.

뒤틀린 몸의 균형을 찾기 위해 주리를 트는 고통을

감수하며 잘되지 않는 동작을 억지로 따라 하면 이런 한탄이 절로 든다. '나는 왜 오른손잡이지?' 물론 이런 원망은 무용하다. 왼손잡이면 왼쪽으로 몸이 틀려 있을 테니까. 양손잡이도 마찬가지다. 양손잡이라도 주로 사용하는 손이 있다. 인간 생물학에서는 더 강하고 빠르고 민첩해서 사용을 선호하게 되는 손을 지배적 손(dominant hand)이라 한다. 지배적 손을 가지게 되는 이유에 관해서는 언어 우위, 유전적 영향, 사회적 영향 등 여러 가설이 있지만 아직도 명확히 밝혀지지 않았다. 어찌 되었든 왼손잡이든 오른손잡이든 양손잡이든 태어날 때부터 어느 한 손의 기능이 다른 손의 기능보다 떨어진다. 인간은 불균형의 가능성을 안고 태어나 살아가면서 점차 불균형을 발현해나간다. 그리고 그 불균형을

다시 균형으로 되돌리기 위해 고군분투한다.

균형 있는 삶이 중요함은 거의 진리처럼 받아들여져 있다. 우리가 추구해야 하는 균형은 많다. 골반의 균형, 일과 인생의 균형, 식단의 균형, 육아와 삶의 균형, 감정의 균형, 면역 체계의 균형, 호르몬의 균형 등등. 균형이 깨지면 몸이 아프고 삶이 엉망이 되니까 애써 균형을 유지하려고 노력한다. 사회에서도 균형은 중요하다. 부의 균형, 지역 발전의 균형, 기회의 균형, 미래 세대와 현세대의 균형 등 사회의 균형이 무너지면 사회적 불안과 경제적 불안정이 증가하게 된다. 지속적으로 발전하는 사회를 위해서는 균형이 중요하다. 우리는 균형이 깨진 삶이나 사회는 부자연스럽다고 생각한다. 자연이 스스로 완성되는 매우 조화로운 상태라고 생각한 나머지 여러 균형의 유지가 자연스럽고 당연하다고 여기기 때문이다.

하지만 자연의 본질은 거대한 불균형이다. 열역학 제2 법칙에 따르면 엔트로피가 증가한다. 다시 말해 에너지는 질서 있는 상태에서 무질서로 바뀐다. 우리의 몸은 균형을 잃고 노화하고 죽음에 이른다. 토머스 홉스의 말처럼 자연 상태의 인간은 "만인의 만인에 대한 투쟁"을 하는 약육강식의 세상에 놓인다. 하지만 이 불균형한 상태에서 조화를 찾는 순간에서 삶은 존재한다. 우리가 잠시나마 생명을 유지할 수 있는 이유는, 다시 말해 열역학 제2 법칙을 거스르는 것처럼 보이는 이유는 우리의 몸이 외부에서 얻은 에너지를 이용한 후 노폐물과 열을 다시 외부로 방출하는 대사 과정을 반복하면서 애써 균형을 유지하기 때문이다. 지구도 마찬가지다. 지구는 홀로 완벽한 자연 상태를 유지할 수 없다. 태양에서 에너지를 받아 사용한 후 다시 외부로 방출한다. 우리는 지구가 유지하는 한시적인 균형 상태에서 살아간다.

열심히 운동하지만 나의 몸은 여전히 오른쪽으로 뒤틀렸다. 일과 삶도 불균형하다. 식단을 제대로 따져보지는 않았지만 탄수화물에 지나치게 치우쳐 있을 것이다. 내가 사는 이 사회도 여러모로 불균형하다. 부와 기회는 치우쳐 있고 아이를 키우면서도 현재만 사는 사람처럼 산다. 균형은 불균형으로, 질서는 무질서로, 삶은 죽음으로 나아간다. 우리는 살기 위해서 불균형의 물결을 거슬러 끝없이 균형을 찾는다. 운동으로 애써 무너진 균형을 찾으려고 애쓰듯 다른 모든 불균형에서도 균형을 찾으려고 부단히 애써야 한다는 생각이 들었다. 균형은 노력해야 얻을 수 있다. 우리는 언제나 자연스럽게 불균형 속에 있기 때문이다.

가끔 집에 아이의 친구들이 놀러 온다. 놀이를 시작

할 때마다 아이들이 먼저 하는 일이 있다. 레고블록 놀이를 할 때도, 인형 놀이를 할 때도 자원을 평등하게 분배한다. “네가 이걸 가져가면 불공평하잖아” “이렇게 하면 또 불공평하잖아”라고 서로 언성을 높이며 한참 동안 블록을 나누고 인형을 나눈다. 옆에서 지켜보다 내가 웃으면서 끼어든다.

“얘들아, 너희한테는 평등이 참 중요하구나.”

“맞아요. 공평해야 해요.”

“그런데 그러면 놀 시간이 줄지 않니?”

“아니야, 엄마. 공정해야 오래 재미있게 놀 수 있어. 그리고 이것도 우리끼리 재미있게 노는 거야.”

“어, 그렇구나. 계속해, 계속해.”

15분째 공평을 위해 다투는 아이들이 엉뚱해서 웃기면서도 한편으로는 기특했다. 애써 노력해서 자신들만의 균형을 만들어가는구나 싶었다.

나는 다종다양한 열등감에 시달리곤 했는데 그중 가장 주된 주제는 노력 부족이었다. 중학교 1학년 때 담임 선생님이 교무실로 부르더니 이렇게 말했다. “너는 왜 이렇게 공부를 열심히 안 하니?” 공부를 잘하는 학생은 아니었지만 그렇다고 노는 부류도 아니었기 때문에 선생님이 나만 따로 불러 지적해서 충격이었다. 이런 식의 비난은 나의 인생에서 자주 있었다. 고등학교 3학년 때 우리 학교 전교 1등 친구가 어느 날 진지하게 이렇게 말했다. “너는 무얼 믿고 공부를 그렇게 안 하니?” 대학 때는 친한 선배가 이렇게 말했다. “살다 살다 너 같은 한량은 처음 본다.” 무언가 실패를 할 때마다 주위 사람들은 위로도 이렇게 했다. “너는 절실함이 없어서 그래” 혹은 “너는 열심히 안 해서 그래”라고. 자꾸 이런 이야기를 들으니 오기가 생겼다. 꼭 열심히 하고 말리라.

나는 20대 내내 결심과 실패의 무한 루프에 있었다. 노력 부족의 열등감에 시달리면서 자주 결심하고 자주 실패했다. 결심과 실패의 주기는 몇 주가 되기도 했고 몇 시간이 되기도 했다. 실패할 때마다 도대체 남들이 말하는 절실함이 무엇인지 궁금했다. 따지고 보면 인생을 대충 사는 타입은 아닌데 더 이상 어떻게 더 절실해야 하나 싶었다.

물론 지인들의 애정 어린 비난이 완전히 틀린 말도

아니었다. 솔직히 죽을 만큼 열심히 하지는 않았다. 마음에 언제나 여유가 있었다. 열심히 하지 않았다는 비난을 들으면 억울한 마음과 수긍하는 마음이 동시에 들었다. 최근에 글을 쓰면서 이 양가감정의 의미를 깨닫게 되었다. 나는 내가 하고 싶은 일만 열심히 했다. 대학교 3학년 때 보르헤스에 빠져 있었는데 중간고사를 앞두고 스페인어과 교수님이 빌려준 보르헤스 다큐멘터리를 보았다(그전에는 카프카였고 그 다음에는 차페크였다). 내 딴에는 바쁘고 열심히 살았지만 엉뚱한 일을 하다가 할 일은 열심히 하지 못했다. 나의 말도 맞았고 주변인들의 말도 맞았다. 나는 열심히 살면서 열심히 살지 못했다.

열등감을 극복하고자 싫었던 법학을 끝까지 하고 어느 정도 궤도에 오르고 보니 공부가 재미있었다. 싫은 일을 견디면서 자신에 관한 새로운 시각도 얻게 되었다. 어떤 노력이 어떻게 부족했는지도 깨닫게 되었다. 그렇지만 남들이 이야기하는 나보다 내가 생각했던 내가 더 나의 모습에 가까웠다. 나는 열심히 일하는 베짱이였다. 개미도 여름 내내 열심히 식량을 모았지만 베짱이도 열심히 기타를 쳤다. 비록 겨울을 대비하지 못해서 위기에 빠졌고 사람들이 기타 치기는 '열심히'로 쳐주지 않았지만 베짱이도 베짱이 나름

대로 노력했다. 나는 그렇게 노력 부족의 열등감을 극복하게 되었다. '야호, 나는 멍청했지만 남들 못지않게 언제나 열심히 살았다!'

당연히 남들의 말 대로 살 필요도 없다. 꿈이 있다면 좇아야 한다. 남들이 아무리 조언해도 자기 자신은 스스로 가장 잘 알 수밖에 없다. 내가 나에 관해 생각하는 시간이 남들이 나에 관해 생각하는 시간보다 절대적으로 많기 때문이다. 여기서 함정은 내가 나에 대한 최고 권위자라고 하더라도 나 자신을 완전히 알기가 어렵다는 것이다. 내가 모차르트처럼 천부적인 재능이 있지 않고서야 꿈이 무엇인지 확신하기 어렵고, 확신한 꿈이 착각일 때도 많다. 평생 꿈이란 것을 꾸지 않는 경우도 많다. 내가 노력 부족의 열등감에 시달린 이유도 사실 어디에 무슨 노력을 해야 할지 정확히 몰라서 어긋나는 노력을 계속했기 때문이다.

자신의 꿈도 모르고 미래 예측 능력도 떨어지는 나 같은 부지런한 베짱이를 위해 변명하자면, 베짱이들도 베짱이 나름의 생각이 있다. 부지런히 양식을 모으는 개미 주위에서 기타를 치면서 무엇을 해야 할지를 고민한다. 눈치 없이 기타를 치는 이유는 재미있기 때문이고 멍청하게 양식을 모으지 않은 이유는 왜 양식을 모아야 하는지 스스로 이해하지 못해서다. 나 같은 멍청하고 부지런한 베짱이를 위해 조언하자면, 싫은 일을 두려워하지 말라는 것이다. 실패를 기꺼이 삶으로 받아들이면 아무리 많이 실패해도 손해가 아니다. 삶은 속도가 아니라 방향이다. 언제나 배우면 된다.

최악의 나

'밑바닥이네.' 나는 늘 자신을 이렇게 평가한다. 상황에 따라 다양하게 변주하는데 '나는 역시 무용한 인간이다' '망했네' '아니, 또 이런 등신 같은 생각을' '최악이네' '거품처럼 꺼져서 사라지고 싶다' '와, 엉망진창이다' 등등이다. 주변 사람에 대한 상대적 열등감은 아니고, 가만히 있으면 자꾸 내가 절대적으로 멍청하다는 생각이 든다. 예전에는 백수라서 그런 줄 알았는데 일도 열심히 하고 돈을 열심히 벌어도 마찬가지였다. 마음에 구멍이 뚫린 사람처럼 늘 내가 부족한 것만 같았다. 일전에 친한 후배가 이렇게 이야기했다. "언니는 그럴 정서적 요인이 없는데 진심으로 그렇게 생각해서 신기해. 왜 그런 걸까?"

나도 오랫동안 그 이유를 고민해보았다. 아빠의 불안이 옮아 온 것일까? 아빠는 부잣집 아들이었다가 갑자기 집이 망해서 온 가족을 부양했다. 생활이 안정된 후에도 늘 히딩크처럼 "나는 아직도 배고프다" 상태였다. 어릴 때는 아빠의 밑 빠진 독 같은 정서가 궁금했다. '망하면 안 된다는 불안과 강박인가?' 하지만 나는 아빠처럼 원대한 성공을 꿈꾸는 사람은 아니다. 내가 생각하는 밑바닥은 어떤 단계의 밑바닥이 아니라 위도 아래도 없이 섬처럼 떠 있는 절대적인 밑바닥이다. 자존감 문제인가? 꼭 그런 것 같지는 않다. 내가 밑바닥이기는 한데 그렇다고 나를 사랑하지 않은 것도 아니다. 성장 환경을 돌이켜보아도 어릴 때 가족들의 사랑을 많이 받고 자랐다. 중학교 때까지 따돌림을 당했지만 그 사실을 한참 후에 깨달았기 때문에 크게 상처받지도 않았다. 남과 비교하는 마음 자체가 별로 없지만 경쟁하는 상황에서는 이길 마음의 준비가 되어 있다. 우울증인가? 그럴 수도 있겠지만 현재 생활에 불편을 느낄 정도는 아니다. 나는 대체로 명랑하다.

그러다가 최근에 〈에브리씽 에브리웨어 올 앳 원스〉를 보다가 나의 밑바닥 정서의 원인을 깨달았다. 영화에서 양자경이 연기한 에블린 왕은 중국계 이민자로, 운영하던 세탁소의 세무 조사를 앞둔 상황에서 몰래 이혼을 결심한 남편, 커밍아웃 후 관계가 소원해진 딸, 평생 자신을 인정하지 않은 아버지로 인해 마음이 복잡하다. 그러다가 국세청 엘리베이터에서 다른 평행 우주에서 온 남편이 에블린이 전 우주를 망치려는 '조부 투바키'를 막을 유일한 존재라고 하며 전 우주적 영웅 역할을 떠맡긴다. 혼란에 빠진 에블린은 도대체 왜 자신이 그런 일을 해야 하느냐고 묻는다. 그러자 남편은 이렇게 대답한다.

> 수천 명의 에블린을 보았지만 당신 같은 에블린은 없었어. 당신은 너무 많은 목표를 이루지 못했지. 어떤 꿈도 따르지 못했고. 당신은 당신의 최악의 모습으로 살고 있어.

이 대사를 듣고 가슴이 덜컥 내려앉았다. '자신이 살 수 있었던 삶 중에 최악의 삶이라니, 이거네. 나의 밑바닥.' 그러니까 나는 어떤 존재하지 않은 이상적인 나를 두고 나와 비교하고 있었던 것이다(에블린의 경우 실제로 존재하는 '나'가 있었지만).

사회생활을 하다 보면 가끔 내가 굉장히 무심한 사람이라는 느낌을 받을 때가 있다. 부정적인 사고를 계속하거나 너무 쉽게 상처받거나 현실 파악을 제대로 못 하는 사람을 보면 가슴이 답답하다. '왜 저렇게 생각해?' 하고 답답해 하다가 어느 순간 내가 그 사람 입장에 서보지 않아서 그렇다는 것을 깨닫게 된다. 이런 무심한 내가 수치스럽다. 내가 우연히 얻은 여러 행운(전쟁이나 대기근을 겪지 않은 시대적 행운, 절대적인 빈곤, 정서적 학대, 장애, 심각한 범죄 피해 등을 경험하지 않은 개인적 행운)을 걷어내고 나면 나는 누구인가? 그럭저럭 괜찮은 사람으로 살고 있지만 운을 걷어낸 나 자신은 아무것도 아니다. 나의 한계를 깨달을 때마다 자꾸 역시 나는 절대적으로 밑바닥이라고 자책하게 된다.

스포일러이지만 영화에서 에블린은 최악의 에블린이어서 모든 평행 우주를 구한다. 하지만 현실에 사는 최악의 나는 우주는커녕 나 자신도 구하지 못한다. 나는 절대적으로 작고 보잘것없다. 언제나 나의 한계를 발견한다. '오, 나 최악이네'의 순간이 계속되기 때문에 최악의 나를 깨달음으로써 최악을 갱신한다. 어떨 때는 절대적으로 부족해서 고통스럽다. 또 어떨 때는 고통이 부족해서 고통스럽다. 그렇지만 최악의 나를 깨닫고 한 걸음 나아가려고 애쓸 수밖에 없다. 그것이 최악의 나에서 벗어날 수 있는 유일한 방법이기 때문이다. 비록 이 최악도 조만간 (또 다른 최악으로) 갱신되겠지만 말이다.

고등학교 2학년 때 의대 진학에 성공한 대학교 1학년 선배들이 응원차 모교를 방문했다. 당시 과학 서클 부장이었기 때문에 내가 금의환향한 선배들의 의진(?)을 담당했다. 고등학교를 벗어난 사람들의 세상은 화사하고 멋졌다. 행사가 끝나고 노래방에 초대되어 대학생들과 함께 핑클 노래를 불렀다. 어른의 세계에 한 발 일찍 들여놓은 기분이었다. '조만간 나도 저 언니들처럼 대단한 어른이 되겠지.' 동굴 속에서 쑥과 마늘만 먹으면서 견디는 곰같이 수험 시기를 보냈다.

하지만 막상 대학교에 입학하니 어른은커녕 고등학생보다 더 어린이 취급을 받았다. "야, 이번에 들어온 신입생이구나. 어리다, 어려. 조만간 밥 먹자." 똑같이 용돈 받는 처지인 선배들은 후배들에게 기꺼이 밥을 샀다. 경양식 집에 가면 신입생과 2학년 선배의 진지한 인생 상담이 난무했다. 선배들은 학교 앞 맛집이라든지 수강 신청 요령을 알려주었다. 학회실에 가면 선배들이 신령스러운 담배 연기 속에서 사회에 대한 불만을 토로하고 있었다. 법대에는 고학번들이 많았는데, 1학년 때는 속으로 저 어르신들은 왜 아직 학교에 있는지 궁금해했다. 돌이켜보면 성숙하게 보였던 2학년도, 산신령 같던 고학번 선배도 어리고 미숙했다.

만 19세가 되면 법적으로 성인(成人), 다시 말해 국가가 공인하는 완성된 인간이 된다. 성인이 된 지 이미 한참이 지났건만 삶의 층층 계단을 밟고 올라설 때마다 여전히 미숙한 나를 발견한다. 내가 상상한 어른은 마음이 호수 같은 사람이었다. 모든 일을 확신하고 고민 없이 결정하고 관대한 사람. 대학교에 입학하면, 취업하면, 결혼하면, 아이를 낳으면 철이 들고 어른이 되어야 했었다. 나이가 들어서 미숙함을 남들이 알지 못하게 의연히 처리할 수 있게 되었지만 여전히 번민과 갈등은 계속된다. 3학년이 되면서 아이의 사회생활이 복잡해졌다. 친구와 싸운 일, 학급 내 세력 다툼, 인기 있는 아이와 그렇지 못한 아이의 이야기를 들으면서 나의 머릿속도 복잡해졌다. 나의 교육관은 '아이가 요청하기 전에 먼저 개입하지 않는다'인데 아이의 미숙함과 미숙함 때문에 겪는 괴로움을 지켜보기가 참 힘들다. 아이의 미숙함을 다루는 나의 미숙함을 깨닫게 된다. 나는 언제쯤 스스로 만족할 만한 어른이 되려나.

나이를 먹으면서 경험은 쌓아가지만 내가 한 경험이래야 평범하고 소소한 것뿐이다. 대학교 때 친구가 판사인 자기 아버지한테 헌법에 관해 질문했더니 아버지가 이렇게 대답했다고 한다. "몰라. 나 대학 때는 유신헌법을 배웠잖아." 농담으로 한 말씀이겠지만 내가 하는 경험의 한계를 생

각하는 계기가 되었다. 심지어 이미 겪었던 일에서조차 미숙할 수 있다. 가령 대학교를 이미 다녀보았지만 지금 다시 입학한다면 아무것도 모르는 신입생 상태가 될 것 같다. 수강 신청 방법도, 학교 앞 맛집도 예전과는 달라졌을 것이다.

나는 쇼펜하우어가 쓴 에세이를 좋아하는데, 최근에 《쇼펜하우어 아포리즘》을 읽다가 젊은 사람들이 자신에게 시대에 뒤떨어졌다고 이야기한다는 내용을 읽다가 웃음이 터졌다. 기원전 1700년 수메르에서도 "요즘 애들은 버릇이 없다"라는 비난을 돌판에 새겼다. 200년 전 젊은이들도 기성세대에게 시대에 뒤떨어졌다고 비난했다. 수천 년, 수백 년이 지난 요즘에도 고작 몇십 년 정도밖에 나이 차이가 나지 않는 사람들끼리 세대를 나누어서 같은 비난을 주고받아

서 재미있다. 나만 해도 1788년생인 쇼펜하우어에게 공감하면서도 1958년생인 우리 엄마한테는 너무 요즘 세상을 모른다고 신경질을 부린다.

최근에 대학 동기 변호사가 사회적 물의를 일으켜 인구에 회자되는 모습을 보고 이제 나의 또래도 기성세대에 진입했다는 슬픈 사실을 자각하게 되었다. 내가 기성세대가 되어보니 세대 차이는 젊은이들의 문제가 아니라 확실히 기성세대인 우리의 문제였다. 돌이켜보면 어릴 때는 친구들의 생각이 중요하지 어른들의 생각에는 아예 관심이 없었다. 어른들은 할머니 방 자개농처럼 관심 밖의 존재였다고나 할까(부모님이나 선생님에게 반항하지만 그것은 세대 차이보다는 관계의 문제다). 하지만 기성세대가 되면 지난 청춘이 그리워서인지 젊은이들의 삶을 기웃거리며 '요즘 애들은' 'MZ들은' 같은 말을 하게 된다. 나이가 들어보았자 여전히 모르는 일투성이인데도 그렇다. 나의 소박한 경험에 압도되고 그 경험을 과대평가한 나머지 언제나 나의 생각이 더 옳다고 고집을 부린다. 경험으로 깨닫게 되는 세상이 분명히 있지만 경험만으로 전부를 알 수는 없다. 아인슈타인의 아버지가 경험은 더 많았겠지만 상대성 이론을 떠올린 사람은 아버지보다 어리고 미숙한 아들이었다.

예전에 아빠가 불교에 빠지면서 나에게 《안반수의경》을 해석한 《붓다의 호흡과 명상》이라는 책을 선물했다. 책을 다 읽은 아빠도 나도 여전히 깨달음과는 거리가 먼 삶을 살고 있다. 한동안 이렇게 고민했다. 마음이 평화로운 어른이 되는 방법을 아는데도 여전히 제멋대로 미숙하게 사는 이유는 무엇일까? 희로애락에서 벗어나고 싶지만 실은 이 희로애락을 좋아하기 때문은 아닐까? 사실은 어른이 되기 싫은 것이다. 미숙한 내가 싫지만 마음속으로는 미숙함을 즐기고 있다. 계속해서 무언가를 깨달을 수 있는 까닭은 미숙해서다.

최근에 날 수 있는 새와 날지 못하는 새의 깃털 구조가 다르다는 사실과 전국의 수갑은 단 하나의 열쇠로 모두 열린다는 사실을 알게 되었다. 전자는 아이를 따라 과천국립과학관에 가서 알게 되었고 후자는 경찰관인 친구 동생이 수갑 관리를 하게 되면서 알게 되었다. 나의 삶의 경험만으로는 도저히 알기 어려운 세계의 일들이다. 우리 아이는 자신이 아는 것을 엄마가 모르면 너무 기뻐한다. 솔직히 고백하면 엄마가 모르는 것은 너무도 많다. 앞으로도 아이가 나의 무지를 비웃으며 기뻐할 일이 많겠다는 생각이 들어 흐뭇했다. 내가 완성된 인간이 아니라서 다행이다.

대체로 무해함

가끔 일산에 재판을 가면 남동생과 차를 마신다. 동생과 만나면 마음이 편하다. 밑도 끝도 없이 아무 말이나 하면서 낄낄댄다. 동생은 작고 골골대는 나와 달리 크고 튼튼해서 세 살이나 차이가 나는데도 어릴 때부터 힘으로는 도저히 이길 수가 없었다. 어릴 때 동생에게 많이 맞았는데(물론 나도 때렸는데 결국에는 내가 졌다는 의미다) 동생이 제아무리 성질을 부려보았자 나는 하나도 무섭지 않았다. 동생은 어차피 나보다 여린 인간이기 때문이다. 부모님이 싸울 때 동생은 늘 울었다. 아주 어릴 때는 같이 울었는데 조금 크고 나서는 내가 동생을 달래주었다. 속으로 '얘는 왜 맨날 우냐, 그리고 어른들이 되어서 저게 싸울 일인가?' 하고 생각했다. 가끔은 재미있어하면서 관전하기도 했다. 초등학교 때 동생은 엄마에게 화를 내고 학교 가면 쉬는 시간에 집에 전화를 걸었다. 엄마에게 사과하기 위해서였다. 나는 엄마에게 짜증 낸 기억은 많은데 사과한 기억은 없다. 마음 약한 사람은 힘이 세보았자다.

나는 친가와 외가를 통틀어 가장 성격이 좋은 아이였다. 표면적으로는 그렇게 보였을 것이다. 격분하는 일이 없고 대체로 그러려니 넘어가고 예의가 바르니까. 하지만 나의 정서적 안정은 타인에 대한 '어떤 무신경함'에 그 근간이

있다. 그래서 나를 잘 파악하고 있는 동생은 종종 이렇게 비난한다. "역시 누나야 니는 사이코패스다." 물론 농담이고 나는 사이코패스와는 거리가 멀지만 여린 마음에 대한 이해는 확실히 부족하다.

최근에 지인의 추천으로 양귀자의 《모순》과 길리언 플린의 《나를 찾아줘》를 동시에 읽다가 나의 문제점이 무엇인지를 구체적으로 깨달았다. 《모순》은 좀처럼 진도가 나가지 않았다. 616쪽의 《나를 찾아줘》는 하루 만에 읽었는데 308쪽밖에 안 되는 《모순》은 3주나 걸렸다(글자 크기를 고려하면 실제 분량은 세 배 정도 차이가 날 것이다). 재미없지는 않았는데 주인공 안진진의 감정을 따라가기가 너무 괴로워서 읽다 덮기를 거듭했다. 스물다섯 살 회사원인 주인공 안진진은 주위에 모든 사람을 섬세하게 관찰한다. 좋은 사람이지만 현실감이 떨어지는 김장우와 재미는 없지만 안정적이고 계획적인 노영규를 사이에 두고 안진진은 양다리 썸을 탄다. 머리로는 안진진을 이해했지만 이해와 별개로 나의 마음은 자꾸만 이렇게 외쳤다. '진진아. 둘 다 별로야. 지지부진한 고민 그만하고 제발 좀 헤어져라.'

반면 《나를 찾아줘》의 주인공인 에이미는 나르시시스트형 이상성격자로 외도 중인 남편에게 복수할 의도로 기상천외한 계획을 세우고 신중하게 실행하는 인물인데, 실제로 나의 주위에 있다면 무섭겠지만 책으로 읽기에는 아주 흥미진진했다. 엄마와 이모가 일란성 쌍둥이라는 점을 제외하면 안진진은 매우 보편적인 유형의 인간이고 에이미 던은 매우 보기 드문 반사회적 인격자다. 그런데 내가 에이미 던보다 안진진에게 공감하지 못해서 적잖이 충격을 받았다. 돌이켜보면 나는 타인의 느리고 서성대는 마음을 견디지 못했다. 대신 답을 내려주고 싶었다.

얼마 전에 동화 작가 지인들과 식사하다가 본의 아니게 사고를 쳤다. 모임의 최연장자인 언니가 1인 전자 출판사를 차리는 계획을 이야기했는데, 들어보니 전자 출판 시장에 대한 이해가 부족했다. 사업을 하려면 그렇게 해서는 안 된다고 이러쿵저러쿵 조언을 늘어놓았더니(때마침 최근에 헌법재판소 도서정가제 공개 변론에 참여하면서 전자책 시장을 자세히 알고 있었다) 언니가 별안간 울기 시작했다. "사실 나도 아는데, 그래도 내가 하고 싶은 대로 하고 싶어." 나는 너무 놀라서 언니에게 싹싹 빌었다.

동생과 어릴 때의 기억을 서로 맞추어보면 같은 사건에 대한 감정이 너무 달랐다. 한번은 동생이 초등학교 때 동네 형들에게 맞고 온 일이 있었다. 아빠가 화가 나서 동생을 차에 태우고 그 형들을 잡으러 다녔다. 집에서 나는 흥미진진하게 결과를 기다렸는데 결국 아빠는 형들을 검거하는 데 실패하고 씩씩대며 집에 돌아왔다. 최근에 그 일을 이야기하니 동생은 자기가 맞은 것보다 아빠가 화가 난 모습이 더 불안했다고 했다. 나는 아빠가 그 형들을 잡았다고 한들 사적 보복은 하지 않을 것이라고 확신했는데 동생은 그런 확신이 없었던 모양이다. 기억을 짜 맞추면 나는 항상 견고한 바닥을 걸었고 동생은 흔들리는 바닥을 걸었다. 나는 나대로 동생은 동생대로 잘 자랐지만 만일 내가 동생의 마음을 이해해주었다면 어떠했을까 싶다.

거창한 꿈이 없는 나의 인생 모토는 '무해함'이었다. 타인에게 도움은 못 될망정 해라도 입히지 말아야지라는.

하지만 언니를 울리고 돌아오면서 무해한 인간이 되기는 글렀다는 생각이 들었다. 나는 모든 일에 쉽게 답을 쓰는 무신경한 인간이었다. 안진진의 말처럼 “인생은 탐구하면서 살아가는 것이 아니라 살아가면서 탐구하는 것”이다. 미리 답을 내리고 사는 것이 아니라 살다 보면 스스로 답을 찾게 된다. 남의 삶에 함부로 답을 내려서는 안 된다. 나는 그 사실을 자주 잊었다. 이해하기 힘든 안진진을 떠올리며 대체로 무해한 사람이라도 되려고 노력해야지 결심했다.

외로움의 가르침

어릴 때 운동을 싫어했다. 아빠가 주말마다 동네 뒷산으로 끌고 갔는데 그때마다 입이 툭 나왔다. 지금 생각하면 산도 아니고 구릉 정도인데 숨이 턱턱 막혔다. 정상에 올라서면 큰일을 해낸 사람처럼 평상에 누워 하늘을 올려다보았다. 매번 달라지는 하늘의 모양이 신비로웠다. 바람에 따라 움직이는 구름의 흐름을 보고 있자면 대류권 너머, 성층권 너머, 온 우주에 압도될 것만 같았다. 나는 너무나 작고 외로웠다.

대학교 때 가끔 혼자서 수족관에 갔다. 모래 위에서 박하맛 사탕 지팡이처럼 몸을 세우고 있는 가든일이나 물의 모양을 구연하는 듯 유영하는 보름달물해파리를 보고 있으면 알 수 없는 안도감이 들었다. 내가 상상하지 못한 형체의 생물이 이미 세상에 존재한다는 사실에 위안을 받았다. 다양함이 실재해서 다행이었다. 비록 그 다양함은 동물권에 반하는 장소에 있었지만.

객관적으로 보면 나는 사교적인 사람이다. E와 I로 나눈다면 확실히 E 쪽으로 쏠려 있다. 사람들과 함께 있으면 즐겁고 혼자 있으면 심심하다. 하지만 함께든 혼자든 마음 한구석은 늘 외롭다. 나에게 관심을 끄기를 바라면서 완전히 끄지는 않기를 바란다. 잠들려는 아이처럼 불을 끄되 완전히 끄지는 말라고 한다. '외로워'와 '상관 마' 사이에서 왔다 갔다 하는 나 자신을 보면 모순투성이에 어딘가 단단히 잘못 만들어진 느낌이다. 외로워하는 스스로가 싫어진다.

우리는 왜 외로울까? 에드워드 윌슨은 인간의 지구 정복 이유로 고도의 사회성을 꼽았다. 사회성이 생존에 필수적이라면 외로움은 무리에서 떨어진 개인을 다시 무리로 떠미는 감정이다. 외로움 덕에 우리는 타인에게 다가간다. 하지만 어떤 외로움은 오히려 무리에서 떨어져나오게 한다. 무리 속에 있으면 이질적인 자신을 절감하고 더욱 외롭다. 그래서 차라리 고독을 선택한다. 나는 그런 식으로 고독한 친구가 많았다. 예민한 기질 탓일 수도 있고, 넘치는 개성 탓일 수도 있는데 그 아이들은 마음이 힘들었다. 자신을 파괴하거나 은둔하거나 종교에 심취하기도 했다. 그 친구들에게는 빛나는 재능이 있었다. 하지만 고통으로 재능이 사그라드는 경우가 많았다.

우리는 천재의 고통을 바라보며 마치 고통 덕에 천재성이 발현된 줄로 확신하지만 나는 그런 결론을 의심한다. 스티븐 킹도 알코올과 약물 중독을 극복하고 나서 "마약이나 알코올이 예민한 성격을 둔화시키는데 필요하다는 주장은 자신을 정당하기 위한 헛소리에 불과하다"라고 말했다. 행복한 고흐가 더 멋진 그림을 그릴 수도 있지 않았을까? 나

는 고흐 그림에서 대개 슬픔보다는 낭만과 아름다움을 느꼈기 때문에(물론 〈까마귀가 나는 밀밭〉 같은 그림은 오래 보면 눈물이 난다) 그럴 수도 있다고 생각한다. 외로움을 잘 다룰 방법은 없을까? 외로움은 영원히 고통일 뿐일까?

예전에 친구가 나에게 이렇게 말했다. “너는 예민한 아이들 중에 제일 예민하지 않은 아이 같아.” 그 말을 듣고 깔깔 웃었다. 맞는 말이다. 솔직히 나는 남들에게 이해받아야 할 만큼의 뚜렷한 개성도 재능도 없다. 그래서 덜 예민하고 덜 외롭다. 친구가 고질적 외로움에 관해 우울해해서 나의 생각을 이야기했다. “남들과 다르다고 필연적으로 외롭지는 않거든. 솔직히 네가 남들하고 똑같아지려고 애쓰지도 않잖아. 오히려 남들을 너와 똑같이 만들려고만 하지. 수

족관의 물고기도 다 다르게 생겼어. 우리 모두 서로 다른 것은 사실 당연하잖아. 네가 외롭다고 느끼는 이유는 자신의 불완전함을 인정하지 않아서야. 너무 완전해서 외로워서도 안 된다고 생각해서. 그런데 친구야, 너는 멋지지만 완벽하지 않거든. 나도 마찬가지이고. 그냥 받아들이자. 다 다르고, 다 외로워."

나의 외로움의 근원도 그랬다. 나는 왜 혼자서 불완전할까? 왜 외로울까? 고작 외로움 따위에 고통을 느끼는 종잇장처럼 약하디약한 내가 싫었다. 그리고 나를 미워하는 그 마음에는 '내가 옳다, 내가 완전해야 한다, 내가 특별해야 한다'고 생각하는 오만한 내가 있다. 하지만 돌이켜보면 외로움 덕분에 나의 약함, 나의 모순, 나의 불완전함을 깨닫게 된다. 부족하고 외로운 자신을 온전히 받아들이는 법을 배우게 된다. 어떤 외로움은 무리에서 떨어진 나를 다시 무리로 밀어 넣는다. 또 어떤 외로움은 내가 아닌 나를 진짜 나로 밀어 넣는다. 외로움이 나를 가르친다. 외로울 때마다 이렇게 생각해보기로 했다. 나는 언제나 괴롭지 않게 살 궁리를 하는 편이다.

2부

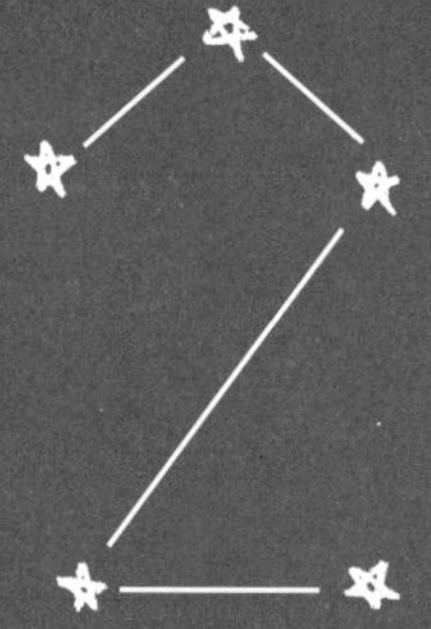

나는 운동 신경이 없다. 고등학교 때 100미터 달리기 기록은 22초였다. 같이 뛴 친구는 23초였다. 체육 선생님이 화를 냈다. "이놈들이 선생한테 장난치나!" 너무나 억울했다. 우리는 정말 한 쌍의 달팽이처럼 최선을 다했는데. 둔한 주제에도 나는 은밀히 무술 고수를 꿈꾸었다. 경공술로 대밭 사이를 날고, 일격으로 악당을 제압하고, 축지법으로 지각을 면하고. 사람을 만나면 마음속으로 혼자 싸움 견적을 낸다. '체급 차로 이길 수 없다. 나의 패배!' '인정사정 봐주지 않을 성격이다. 나의 패배!' '돌주먹이다. 나의 패배!' '약자를 팰 수 없지. 나의 패배!' 상대가 강하든 약하든 여지없이 결론은 나의 패배다. 사람이 많으면 〈배틀 로얄〉 상황을 상상해보기도 한다. 지금부터 한 명만 살아남을 수 있다. 누가 선공할 것인가? 어떻게 방어할 것인가? 사무실에서 일하다가 불청객의 습격을 걱정한다. 무사히 빠져나갈 퇴로를 짠다. '방문부터 잠그고 창문으로 뛰어내리자. 3층이니 죽지는 않겠지?' 부상을 최소화할 낙법을 궁리한다. '그래, 아래층 식당 간판을 잡고 가자.'

누군가와 주먹 다툼 한번 해보지 않았으면서 왜 반복적으로 폭력적인 상황을 상상할까? 답은 간단하다. 두렵기 때문이다. 싸움 견적을 내고 퇴로를 확인하는 습관은 형사

항소부에서 재판연구원으로 근무했을 때부터 시작되었다. 매일매일을 강력범죄와 함께 보냈다. 끔찍한 일은 쉽게, 자주 일어났다. 산재한 악을 보면 일상이 두려워진다. 남을 아무렇지도 않게 해치는 사람들을 자꾸 보면 길에서 마주치는 사람들도 두려워진다. 최근 대구 변호사 사무실 화재 사건을 보고 진짜로 호신술을 배워야겠다는 생각이 들었다. 운동을 섭렵한 남동생에게 물었다. "주짓수 배울까? 나도 싸움 잘하고 싶다." 동생이 말했다. "깡패가 잘 싸워서 무서운 줄 아나. 감옥행을 불사해서 무서운 거지." 일견 맞는 말이다. 결과를 감수한 사람은 거침없이 행한다. 그런 직진성은 무섭다.

김영하의 《살인자의 기억법》에서 연쇄 살인범 김병수는 일기장에 이렇게 썼다. "살인은 시라기보다 산문에 가깝다. 해보면 누구나 알 수 있다. 살인은 생각보다 번다하고 구질구질한 작업이다." 교과서나 미디어는 범죄를 시처럼 다루지만 실제로 '피해자를 살해했다'라는 문장 속에는 너저분한 함의가 있다. 그 한 줄의 결론에 이르기 위해서 수많은 장애를 넘어야 한다. 양심, 처벌에 대한 두려움, 준비 부족, 그날의 기분, 피해자의 저항, 외부 환경, 살해 행위 자체의 번다함 등을 모두 극복하고 마지막 관문이 남아 있다. 살

인자는 죽음에 이르는 피해자의 고통을 목도하고 견디어야 한다. 법정에 선 피고인들은 그 모든 처절함과 지난함을 감수하고 연인을 칼로 찔러 죽이고, 가난한 친구에게 돈을 뜯고, 아이를 무자비하게 때려눕혔다.

무시무시한 피고인이라도 법정에서는 의외로 평범하다. 선량한 시민처럼 고개를 숙이고 순순히 잘못을 시인한다. 꼼꼼하게 쓴 반성문도 수시로 제출한다. 일하면서 반성문을 꼼꼼히 읽었다. 글을 읽으면 사람이 보였다. 반성 없는 반성문도 많다. 예컨대 이런 식이다.

> 존경하는 판사님, 정말로 죽을죄를 지었습니다(죽을죄면 사형인데?). 진심으로 반성하고 있습니다. 이 사고로 인해(자신

의 범행을 사고로 인식하고 있다). 홀어머니가 큰 충격을 받았습니다. 곡기를 끊고 매일 울고 계신다고 합니다. 불효를 저질러 너무나 마음이 아픕니다. 가장이 없으니 가족의 생계도 어렵습니다. 자식들이 울면서 아빠를 찾습니다(모두 당신 때문에 발생한 일이다). 원심의 5년 형은 너무 무겁습니다(아니, 방금 죽을죄를 지었다며?). 제발 너그럽게 선처해주십시오. 피해자에게도 진심으로 미안합니다. (미안함은 한 줄!)

자신의 딱한 사정이 내용의 9할이다. 피해자에게 미안한 마음이 없다. 애초에 미안한 마음을 가질 사람이면 그런 짓을 하지 못했을지도 모르겠다. 반성을 꾸며내는 피고인들의 열정을 보면 동생 말처럼 그들이 감방행을 감수한 것인지 의문이다. 구차하게 처벌을 피하려는 사람들을 보면 그들이 감수한 것은 오직 타인의 고통뿐이었다는 생각이 든다. 그래서 더욱 사람이 무서워진다. 정말로 무술 고수가 되고 싶다.

참을 수 없는 분노의 가벼움

일하면서 온갖 끔찍한 일을 본다. 아무리 보아도 익숙해지지 않는다. 지옥도 같은 형사 기록을 읽다가 보면 프리모 레비의 책 제목이 머릿속에 떠오른다. '이것이 인간인가.' 화날 일이 너무도 많은 세상이다. 아동 학대, 성범죄, 연쇄 살인…. 흉악 범죄로 도배된 뉴스를 보면 세상이 잘못되어가는 느낌이 든다. 있을 수 없는 악을 국가가 방치하고 있는 것만 같다. 내가 피해자가 아닌데도 종일 괴롭다.

피해자가 아닌 우리가 남의 일에 분노하는 이유는 무엇일까? 피해자에게 감정을 이입하기 때문이다. 피해자의 마음으로 가해자에게 분노해서 법원 앞에서 피켓 시위를 하고 국회 의사당 앞에서 법 개정을 촉구한다. 얼마 전 인터넷에서 〈피해당한 사람보다 피해당하지 않은 사람이 더 분노한다면 그 사회는 정의를 지킬 수 있다〉라는 글을 보았다. 많은 사람이 호응했다. "판사 너희 가족이 당해야 안다." 사회면 기사에 자주 달리는 댓글이다. 타인에게 공감한다는 것은 숭고한 일이다. 감정 이입을 통해 우리는 타인의 처지를 이해한다. 타인을 이해하기에 배려한다. 부당함을 느끼고 연대하며 행동한다. 하지만 피해자를 대신해 분노하면 그것만으로 정의가 지켜질까?

소설에서는 그렇다. 정의와 악은 흑과 백처럼 분명

하다. 해리 포터가 볼드모트를 죽이면 "지난 19년 동안 그 흉터는 한 번도 아프지 않을 것"이고 "모든 것은 무사할 것"이다. 하지만 현실은 다르다. 너무나 많은 사회 문제와 이해관계가 얽혀 있고 선악의 경계는 모호하다. 가까이서 악인을 보면 생각이 복잡해진다. 고등학교 1학년 남학생이 여덟 살 여아의 엉덩이를 만져 추행했다. 이는 성폭력 범죄의 처벌 등에 관한 특례법 위반으로 5년 이상의 유기 징역에 해당하는 범죄에 해당한다. 양형 조사 결과는 다음과 같다. 피고인은 지능 지수 78의 경계성 지능 수준이다. 일곱 살 때 모친이 집을 나갔고 부친이 피고인을 시설에 맡겼다. 시설에서 3년 정도를 보냈는데 원장이 담뱃불로 지지고 폭행하는 등 가혹 행위를 저질렀다. 부친이 다시 집으로 데려갔는데 상황은 더욱 나빠졌다. 집에서도 폭행이 이어졌다. 피고인에게는 두 살 터울의 누나가 있었는데 조부가 오래전부터 누나를 성적으로 학대했다. 조부는 이 일로 최근 기소되었는데 수사 과정에서 피고인도 성적 학대를 당한 정황이 발견되었다. 피고인은 학교생활에서 적응하지 못했다. 동급생들로 수시로 구타당했다. 피고인은 현재 심각한 우울을 느끼고 있다.

피고인의 엽기적인 범행은 언론의 주목을 받지만 피

고인의 엽기적인 삶은 아무도 주목하지 않는다. 피고인의 처벌 문제는 잠시 옆으로 치워두고 범죄 예방의 관점에서 생각해보자. 저런 피고인을 감옥에 오래 가두어둔다고 해서 범죄가 예방될까? 아동 보호 시설 관리, 아동 학대 방지, 가정 내 성범죄, 학교 폭력이 해결되지 않는 한 비슷한 피고인은 계속해서 생겨난다. 소년범에 대한 여론 악화로 만일 피고인이 보호 처분 대신 형사 처벌을 받았다고 하자. 피고인이 정상적으로 다시 사회에 복귀할 수 있을까? 범죄자는 모두 사형시켜야 할까?

기원전 1750년경 성문화된 함무라비 법전에서도 살인자는 사형에 처했다. 사형의 존재에도 불구하고 살인은 오늘날에도 계속된다. 처벌 강화만이 범죄 예방의 유일한

답이 아님은 이미 논의가 끝난 문제다. 어떤 사람은 법이 없어도 타인에게 피해를 입힐 상상조차 하지 않는다. 어떤 사람은 법이 있어도 사람을 죽인다. 처벌만으로는 범죄가 사라지지 않는다. 그런데도 흉악 범죄가 발생하면 처벌만 강화하는 무수한 법안이 상정된다. 일반 시민의 분노와 엄벌 탄원은 충분히 이해할 수 있다. 하지만 법률 전문가가 모인 국회에서 언 발에 오줌 누기 같은 법안만 만드는 이유는 무엇일까? 정치가에게는 악인을 죽여 없애는 방법이 가장 값싸고 손쉽고 정치적으로 도움되기 때문이다.

고대로부터 형벌은 엔터테인먼트로 이용되었다. 콜로세움에서는 맹수에게 죄수를 던졌고, 범죄자들을 십자가에 못 박았으며, 마녀로 몰아 수장했고, 저잣거리에서 목을 매달고, 돌을 던지고, 단두대로 내리쳤다. 사회 문제를 개인에게 전가하면 문제가 간단해진다. 빈부 격차, 성차별, 아동 인권, 교육 격차, 치안 등 사회 문제 해결에는 큰 비용과 오랜 시간이 든다(정치가에게는 시간이 특히 중요하다. 임기 내에 성과를 내야 다시 권력을 잡을 수 있기 때문이다). 하지만 악인을 죽이는 것은 지금 당장 할 수 있다. 그래서 정치가는 우리가 악인을 미워하도록 선동한다. 끔찍함에 분노와 호기심을 동시에 가지는 대중과 클릭 수로 돈을 받는 미디어의 상호 작용으로 악인은 점차 거대해진다. 마침내 사회 저변의 문제들이 모두 악인에게 압도당하면 우리는 오직 세 가지에만 관심을 둔다. '악인의 얼굴' '악인의 잔혹함' '악인의 처벌'. 그 외의 문제들은 모두 거대한 악인에게 가려 사라진다. 마침내 악인을 제거하면 사람들의 분노는 잠재워진다. 솜방망이로 느껴지는 처벌(이쯤에는 어떤 처벌도 대중의 눈에 차지 않는다)도 정치가에게는 나쁘지 않은 옵션이다. 정치의 무능을 사법의 무능으로 돌릴 수 있기 때문이다.

송민경 전 부장판사는《법관의 일》에서 이렇게 정의했다. "판사의 일이란 세상에서 벌어지는 온갖 일들과 그 속에서 살아가는 숱한 사람들을 법정이라는 한정된 공간에서 마주하는 가운데, 무수한 주장과 증거의 이면에 놓인 사건의 실체를 파악하는 일이다." 그러므로 판사는 피해자에게 감정을 이입해서 자기 가족이 당한 것처럼 판결해서는 안 된다. 판사가 피고인의 사정을 고려하는 것은 피고인에게만 감정 이입을 하거나 피고인의 인권만을 중시해서가 아니다. 피해자와 가해자, 사회를 아울러 고려해서 판단하는 것이 사법의 정의이기 때문이다.

타인을 위해 분노하는 것은 고귀한 감정이다. 분노를 통해 우리는 조금 더 나은 세상을 갈망한다. 하지만 들뜬 열

망이 쉬이 식듯 분노도 쉽게 식는다. 우리는 분노를 조금 더 가볍게 다루어야 한다. 분노를 넘어야 우리는 수많은 사람이 복잡하게 얽혀 있는 이 사회를 제대로 이해할 수 있기 때문이다. 이해가 변화의 시작이다.

살인 미수범의 사정은 이랬다. 일곱 살 때 어머니가 그를 절에 버렸다. 아버지가 어떤 사람인지는 기억에 없다. 어머니의 얼굴도 희미하다. 중학교 때까지 절에서 살았다. 스님은 엄했고 산속은 갑갑했다. 그래서 그는 결국 절에서 도망쳤다. 절에서 나온 뒤 중국집에서 주방 일을 배우기도 했지만 끈기가 없어 포기했다. 배달 일도 했는데 뺑소니 교통사고를 당했다. 돈이 없어서 제대로 치료받지 못했고 후유증으로 지금도 다리를 조금 전다. 간간이 막노동으로 생계를 유지했다. 모아둔 돈도 없고 돌보아줄 가족도 없다. 돌이켜보면 어릴 때부터 성격이 불같았다. 특히 술을 마시면 더했다. 폭력 전과가 몇 번 있었는데 모두 술김에 한 일이었다. 때리고 부수었다. 그날 일도 술자리에서 벌어졌다. 이번에는 정도가 심했다. 몇 번을 제지했는데도 친구가 시끄럽게 노래를 불러서 화를 참지 못했다. "그 새끼가 하지 말라는데 계속 돼지 멱따는 소리로 〈아모르 파티〉를 불렀다니까요." 그 일을 이야기할 때는 여전히 흥분한다.

변호인이 하는 일은 이렇다. 피고인의 입장이 되어 본다. 결과와 원인을 나열해 마치 모든 일이 필연인 것처럼 인과관계를 꿰맞춘다. 어릴 때 부모에게 버림받아서, 제대로 교육받지 못해서, 타고난 성정이 난폭해서, 음치에 박치

인데도 흥이 나서 숟가락을 두드리는 꼴이 마음에 들지 않아서, 몇 번이나 그만 부르라고 했는데도 무시해서, 평소 주량에 비해 술을 지나치게 많이 마셔서, 뺑소니 교통사고로 인한 장애가 있어서, 경제적 형편이 좋지 못해서, 평생 외롭게 살아서…. 그리하여 피고인은 칼국숫집 주방에 뛰어 들어가 주방 이모에게 칼을 빼앗아 친구를 찔렀다. 이런 이유로 판사에게 선처를 구한다. 설득의 핵심 정서는 이것이다. “너희 중에 누구든지 죄 없는 사람이 먼저 저 여자를 돌로 쳐라.”(〈요한복음〉 8장 7절). 다시 말해 누구라도 피고인 입장에 서면 그를 이해할 수 있다. ‘음… 정말로?’

나는 이해심이 넓다는 평을 자주 들었다. 조금만 슬픈 사연을 들으면 주르륵 눈물을 흘린다. 남의 마음을 헤아린다고 생각했다. 피고인의 어린 시절을 상상하면 마음이 아팠다. 하지만 ‘누구라도 피고인 입장에 서면 그를 이해할 수 있다’에서 어쩐지 마음이 딱 멈추었다. 헤어진 연인을 스토킹하다가 살해한 사람, 보험금 때문에 부모를 살해한 사람을 볼 때는 멈추지 않았다. 하지만 유독 이 사건에서 나의 이해가 고장 난 듯 멈추었다. 그가 너무나 사소한 이유로 칼을 들었기 때문이다. 이렇게 사소한 것으로? 나는 화가 없다. 폭발하듯 화를 내는 사람을 보면 어떻게 저렇게 감정이 몸

밖으로 넘쳐흐를까 싶다. 내가 어떻게 그를 이해하겠는가? 노래를 못 부른다는 이유로 누군가에게 칼을 휘두르는 마음을 나로서는 도저히 알 수 없다.

그의 입장에 서려면 몇 겹의 가정을 거쳐야 한다. 그 사람의 성장 환경, 성향, 당시 상황까지 그가 되었다고 상상한다. 그의 인생의 모든 순간이 칼국숫집 식칼 끝에 모인다. 나는 그 칼을 받아서 들었다. 가정의 가정의 가정을 한다. 포악한 나를 상상하고, 부모에게 버림받은 나를 상상하고, 소음에 신경이 예민한 나를 상상한다. 답은 어차피 정해져 있다. 그는 친구를 찔렀다. 하지만 나는 친구를 찔렀을까? 시뮬레이션 속 나는 칼을 앞으로 뻗을 수 없었다. 나는 결코 그의 입장을 이해하지 못한다. 그저 발생한 결과를 놓고 그러

려니 이해한 척했을 뿐이다. 타인을 이해했다고 생각한 모든 순간은 그저 착각일 뿐이었다. 살인을 저지를 법한 그럴듯하고 매끈한 이유가 있어서 나의 착각을 알아채지 못했을 뿐이었다.

인간이 타인을 이해한다는 행위는 얼마나 허망한가. 수많은 이야기를 읽으면서 수많은 사람을 이해한다고 생각했다. 하지만 이해라는 것은 고작 나의 감정을 촉수처럼 뻗은 것일 뿐이었다. 나란 고작 이런 것이다. 나에게서 한 발짝도 떨어질 수 없다. 나는 아무도 이해하지 못했다.

한동안 과자 만들기에 빠진 적이 있다. 제과는 정확성이 생명이다. 반찬을 만들 때는 대충이 통한다. 간이 조금 안 맞을 수 있고 설익을 수도 있지만 어찌 되었든 대충 감자볶음이 만들어진다. 반면 제과는 화학 실험이다. 계량과 재료 배합 순서, 오븐 온도 조절 등 모든 공정이 정확해야 원하는 결과가 산출된다. 어느 하나에서 삐끗하면 맛없는 과자가 아니라 과자가 아닌 어떤 것이 된다. 쿠키, 머핀, 브라우니는 초보자도 쉽게 만들 수 있다. 마들렌, 피낭시에, 마카롱은 다소 까다롭지만 어찌 되었든 몇 번 연습하고 성공했다. 하지만 까눌레가 문제였다. 조리법을 확인할수록 의욕을 잃었다.

까눌레는 럼을 섞은 커스터드 반죽을 세로로 균일하게 홈이 파진 황동 틀에 넣어 구워서 만든다. 요즘은 테플론 코팅 틀이나 실리콘 틀에 버터로 코팅해서 굽기도 하는데 황동 틀에 녹인 밀랍으로 코팅하는 방법이 정석이다. 잘 구운 까눌레는 겉이 균일한 다크 초콜릿 색으로 윤기가 나며, 럼주와 캐러멜과 밀랍이 섞인 향이 은은하게 감돈다. 까눌레의 식감은 겉은 구운 설탕으로 바삭하고 속은 풀빵처럼 적당히 촉촉해야 한다. 까눌레 만들기에 앞서 해야 할 일이 있다. 바로 황동 틀 길들이기다. 길들이기를 하는 이유는 틀에 반죽이 붙지 않게 하고 틀을 오래 사용하기 위해서다. 방법은 이렇다. 우선 황동 틀을 빈 상태로 고온에서 구워준다. 틀이 식으면 기름을 발라 몇 차례 닦은 다음…. 이 부분을 읽다가 이제 제과 취미를 그만둘 때가 왔음을 깨달았다. '그냥 사 먹자. 까눌레가 비싼 이유가 있네.'

예전에 살던 동네에 새로운 베이커리가 생겼다. 중년의 아저씨 사장님이 혼자 하는 곳이었는데 인테리어가 영화 〈카모메 식당〉 같았다. 판매하는 빵은 두 종류였다. 큐브 식빵과 까눌레! 그 두 가지를 현대 미술 작품처럼 대리석 전시대 위에 장식해두었다. 사장님 인상도 범상치 않았다. 가르마를 정확히 타서 포마드를 발라 정리한 머리에 빳빳하게 다린 남색 스트라이프 앞치마를 착용했다. 꼭 《브루투스 매거진》에 나오는 일본 제과 장인 같았다. 기대에 차서 까눌레 다섯 개를 주문했다. 사장님은 까눌레 하나하나를 유산지로 포장하기 시작했다. "잠시만 기다려주세요. 그저께 개업을 해서 포장이 조금 느립니다." 말투도 어찌나 나긋나긋한지! 종이학을 접듯 정성을 다하는 모습에 잠자코 기다리며 가게를 둘러보았다. 에스프레소 머신이 없고 벽 선반 위에 모카포트가 있었다. 모카포트는 청소와 관리가 꽤 번거롭다. 하루에 한두 잔이라면 모를까 영업장에서 모카포트라니. '사장님이 콘셉트에 아주 충실한 분이시군.'(〈카모메 식당〉에서도

모카포트로 커피를 내렸다.) 호기심이 생겨 커피도 주문했다. "저 에스프레소도 한 잔 주문하고 싶어요." 사장님이 포장에 열중하며 대답했다. "저희는 베이커리에 집중하기 위해서 커피는 판매하지 않습니다." 사장님의 단호한 결심이 느껴졌다. 얼마나 정성 들여 구운 까눌레일까. 기대가 배가 되었다.

집에 와서 겹겹이 쌓인 포장을 풀어 까눌레를 맛보았다. '음, 커피도 파셔야겠는데…?' 다섯 개 중 어느 하나 제대로 구운 것이 없었다. 탄 것, 설익은 것, 눅눅한 것이 골고루 있었다(까눌레는 만든 지 24시간이 지나면 겉에 코팅된 설탕이 공기 중 수분과 결합해 눅눅해진다). 혼란스러웠다. 가게 구석구석에 놓인 소품까지 신경 쓴 티가 났다. 포장지 디자인도 신중히 골랐을 것이다. 까눌레와 큐브 식빵을 하얀색 대리석 전시대

위에 최대한 돋보이도록 고민하며 배치했을 것이다. '베이커리에 집중하기 위해서!' 이 무슨 엉뚱한 집중이란 말인가. 돈을 받고 물건을 팔기 위해서는 갖추어야 할 수준이 있다. 엉망인 까눌레를 그럴싸하게 포장했다고 결코 명품이 되지 않는다.

개업 초기에 변호사는 성공한 변호사로 보여야 성공할 수 있다는 조언을 많이 들었다. 사무실 인테리어를 할 때 네가 일하는 방보다는 회의실이나 접객실에 더 신경을 써라. 사람들은 가난해 보이는 변호사에게 돈을 쓰지 않는다. 옷차림에 신경 써라. 스마트 워치 보다는 롤렉스가 낫다. 자동차는 제네시스 이상, 주요 고객층의 차보다 한 단계 낮은 레벨을 타라. 모른다고 하지 마라. 수임을 하면 전문가가 된다. 물론 마케팅은 영업에서 상당히 중요하다. 영업을 위해서는 어떻게 보이는지를 신경 쓰지 않을 수는 없다. 장사꾼은 자신을 포장할 줄 알아야 한다. 하지만 포장에만 치중하면 내가 만든 이미지에 스스로 속게 된다. 그 사장님이 그랬다. 가게의 이미지에만 신경 쓰다 정작 기본기를 놓쳤다. 파티시에든 변호사든 자기 분야의 전문가가 되기 위해서는 헌신이 필요하다.

이제는 성공의 의미가 달라졌다고 한다. 성공한 유

튜버나 인플루언서들은 모두 보여주기에 능한 사람들이다. 마케팅이 전부인 시대가 온 것만 같다. 아무도 방구석 전문가를 원하지 않는다. 하지만 삶은 보여주기 너머에 있다. 보여주기만으로는 문제를 해결할 수 없다. 변호하기 위해서는 지식을 쌓고 훈련해야 한다. 언젠가는 포장을 풀어 까눌레의 맛을 보여주어야 할 때가 온다. 게을러질 때마다 장인 같던 사장님과 타고 설익고 눅눅했던 까눌레의 맛을 떠올린다. 적어도 엉터리로 만든 까눌레를 공들여서 포장하지는 말아야지 다짐한다.

말하고 싶은 비밀

변호사를 하기 전부터 그랬다. 별로 친하지 않던 사람이 돌연 나에게 비밀을 고백했다. 누구를 좋아한다거나 하는 소소한 비밀이 대부분이었지만 가끔은 내가 이런 것을 들어도 되나 싶을 정도의 비밀을 듣기도 했다. 보통 비밀 고백은 이렇게 시작한다. “어쩐지 너는 비난하지 않을 것 같아서….” 사실이다. 나는 웬만해서는 비난하지 않는다. 입도 무겁다. 하지만 내가 입을 꾹 닫고 있어도 얼마 지나지 않아 비밀로 알고 있었던 일이 소문으로 들려온다. 타이밍이 문제이지만 비밀은 언젠가는 밝혀진다. 비밀이 드러나는 이유는 누군가에게 그 비밀을 말하기 때문이다. 우리는 숨기고 싶어 하면서도 말하고 싶어 한다. 비밀은 사람을 고독하게 만들어서, 비밀을 간직한 사람은 누군가에게는 폭로함으로써 그 고독을 견디려 한다.

변호사가 되고 나서는 비밀을 듣는 것이 일이 되었다. 나에게 말하는 사실은 모두 법적으로 보호받는 비밀로 취급된다. 상담의 시작은 이렇다. “전부 다 있었던 그대로 말씀해주세요.” 무례하게도 나는 초면의 사람들에게 은밀한 비밀을 털어놓으라고 종용한다. 처음부터 솔직히 모든 것을 이야기하는 사람은 많지 않다. 판사를 속이기에 앞서 변호사를 시험 삼아 속여보려는 사람도 있고 어떻게 말해야 하

는지 몰라서 제대로 이야기하지 못하는 사람도 있다. 이혼 상담의 의뢰인은 대개 후자다. 하고 싶은 말을 꾹꾹 참고 살아와서, 해보았자 무안한 일만 당해서 돈을 내고 상담하면서도 하고 싶은 말을 제대로 하지 못한다.

얼마 전에 만난 의뢰인이 그랬다. 불편한 기색으로 한참 동안 고개를 숙이고 침묵했다. "시간은 충분하니 편하게 말씀해보세요." 나는 몇 번이나 들을 준비가 되어 있음을 알렸다. 어렵게 꺼낸 말이지만 알아듣기 힘들다. 말하기에 익숙하지 않은 사람은 1000조각짜리 직소 퍼즐을 던지듯 말한다. 말하면서도 끊임없이 망설인다. "제가 너무 말이 많지요?"라든가 "이런 사소한 것까지 이야기해도 될까요?"라며 수시로 멈추어 선다. 퍼즐의 완성본은 아직 그 사람의 머

릿속에 있고 나는 완성본을 알지 못한 채로 상대가 던져주는 퍼즐 조각을 이리저리 살펴본다. 필요한 조각은 없고, 필요 없는 조각은 많다. 그래도 남는 조각이 많은 편이 훨씬 낫다. 나는 이렇게 당부한다. "최대한 자세히 말씀해주세요. 판사님은 우리 사정을 전혀 모르세요(판사님 핑계를 대지만 내가 아직 당신을 모른다는 뜻이다). 자세히 이야기해주셔야 판사님도 우리를 이해할 수 있어요." 한참을 들어도 이야기는 아직 많이 남아 있다. "오늘 하지 못한 이야기는 언제든지 연락해서 말씀해주세요. 제가 알람을 끄고 있을 테니까 시간 신경 쓰지 마시고 카카오톡으로 보내주셔도 되고요. 결혼 생활을 일기 쓰듯 쭉 한번 써보세요."

아침에 일어났더니 카카오톡 메시지 387개가 와 있다. 그동안 말하지 못한 이야기가 이렇게나 많다. 들어줄 사람이 없음은 서글픈 일이다. 당신이 언제 기쁜지, 언제 상처받는지, 언제 힘들었는지, 언제 뿌듯했는지를 아무도 궁금해하지 않았다. 사소한 일상부터 중요한 사건까지 당신의 모든 일이 상대에게 아무런 의미가 없다. "또 그 이야기야?" "편안하게 좀 살자" "시끄러워" "입 닥쳐" "너는 왜 그렇게 말이 많냐?" 그렇게 말은 소음이 되고 입을 닫게 된다. 그렇게 하고 싶은 말을 참고 참고 참다가 변호사를 찾아왔다. 비밀이 아니었어야 할 이야기들이 비밀이 되어 나의 앞에 떨어진다.

완성된 소장 초안을 보냈더니 이렇게 답이 왔다. "사랑할 때는 몰랐는데 변호사님이 쓰신 글을 읽고 옛날부터 개자식인 것을 깨달았습니다. 저 새끼는 처음부터 저의 이야기를 들을 생각도 없었네요." 이제는 업무상 비밀이 된 이야기는 원래는 비밀이 아니어야 할 것들이었다. 그때 서운했다. 그때 슬펐다. 그때 외로웠다. 그때 아팠다. 누군가가 알아주기를 바랐던 이야기들이다.

어쩌면 우리는 말하고 싶어서 비밀을 만드는 것일지도 모른다. 지금이 아니지만 언젠가는 말하고 싶어서, 모두에게는 아니지만 어떤 사람에게는 말하고 싶어서, 비밀스럽게 속마음을 나누고 싶어서 비밀을 만든다. "전부 털어놓고 나니까 마음은 후련해요." 이런 식의 결말은 슬프지만 결국에는 비밀이 밝혀졌다. 이제는 상대에게 답을 들을 차례다.

이상과 현실의 덫

나의 세대는 이데올로기와는 거리를 두고 살아왔다. 증조할머니는 일제 강점기를 겪었고, 할머니는 일제 강점기에 더해 6·25를 겪었고, 어머니는 쿠데타와 민주화 혁명을 겪었다. 반면 내가 기억하는 대학교 시절의 가장 떠들썩한 이벤트는 2002년 한·일 월드컵이었다. 광화문 광장에서 빨간 티셔츠를 입고 전광판에서 친구들과 축구 경기를 보았다. 성을 착취하고 강제 노역을 시키는 일본군도, 생명을 위협하며 사상 전향을 강요하는 북한군도, 민간인을 학살한 국군도 직접 본 적이 없다. 이명박 대통령이 촛불 집회 주범으로 주사파를 지목했을 때 (나의 무식함이 부끄럽지만) 솔직히 시간 많은 대학생을 비난하는 줄 알았다. 내가 아는 주사파는 신묘한 수강 신청 능력으로 1주일에 나흘만 학교에 가는 아이들이었기 때문이다. 내가 아는 서울대 지인은 메이데이 집회에서 구치소에 잡혀갔다가 "NL이냐, PD냐?"라는 경찰관의 질문을 이해하지 못해서 "저는 SNU(Seoul National University)인데요"라고 대답해서 바로 풀려나기도 했다. 어찌 되었든 내가 겪은 정부는 때때로 물대포를 쏘았으나 감히 국민에게 총을 쏘지는 못했다. 대학교 시절에는 거창한 이념이 아니라 반값 등록금을 위해 시위했다. 민주화 운동을 하다 투옥된 친구도, 정보기관에 의해 납치되고 살해당한 친구도

없었다.

제국주의 식민지와 냉전 체제, 독재 정권을 겪느라고 제대로 실현되지 못했지만 사실 제헌 헌법 이래로 국가의 이념 문제에 대한 기본적인 합의를 끝냈다. 증조할머니와 할머니와 어머니 세대의 희생 덕분에 나는 민주주의가 당연하고, 국가가 국민의 기본권을 보장해야 함이 당연하고, 자본주의를 택하면서도 적정한 소득 분배도 추구해야 함이 당연하다고 배우고 자랐다. 광화문 거리에서 온몸에 태극기를 감고 "빨갱이가 사회를 전복하려는 음모를 꾸미고 있다"라고 외치는 사람을 볼 때마다 궁금하다. 도대체 왜 다 끝난 문제에 인생을 쏟을까.

극단적인 사고방식은 한 세대만의 문제가 아니다. 불

분명함은 생존에 위험 요소다. 인간은 본능적으로 문제를 단순화하고 싶어 한다. 세상은 단순하고 그래서 내가 세상을 제대로 파악했다고 믿고 싶어 한다. 우리는 막연히 선택하고 그 선택이 최선이라고 믿는다. 선과 악이 분명히 구별되고 정의의 반대는 불의다. 우리 편은 이타적이며 선을 추구하고 적은 멍청한 데다가 기득권만 지키려는 양심 없는 악당이다. 현실에서 해결해야 할 문제를 이상 문제로 치부한다. '정의가 이기는지, 불의가 이기는지' '빨갱이가 이기는지, 친일파가 이기는지'.

2021년 6월 1일에 시행된 계약갱신청구권제·전월세상한제·전월세신고제 도입을 골자로 하는 개정 주택임대차보호법을 예로 들면 이렇다. 찬성 측의 주장 요지는 이것이다. '임차인의 주거 안정을 보호한다.' 하지만 이미 반대 측도 임차인의 주거 안정 필요성에 관해서는 공감하고 있다. 달리 말해 개정안이 추구하는 이상(개정 법률안에서는 '제안 이유'라 한다)에 관해서는 이미 합의가 이루어졌다. 따라서 소위에서 심사해야 할 점은 해당 법안이 실제 주거 안정에 기여하는지, 부작용은 없는지, 임대인의 재산권에 관해 지나친 제한이 되지 않는지다. 하지만 실제 소위 심사는 이미 합의가 끝난 이상의 문제만 이야기하다 다수결로 끝이 난다. '임차인

보호가 시급합니다. 더 이상 미룰 수 없는 문제입니다.' 이상의 논의가 없다. 격렬한 찬반 논쟁이 있는 법안일수록, 다시 말해 이해관계가 복잡해서 신중한 논의가 이루어져야 할 법안일수록 이런 식으로 처리된다. (관심이 있는 분은 국회 법안 심사 과정을 직접 보기를 추천한다. 국회 회의록 사이트 https://likms.assembly.go.kr/record/에 가면 회의록 녹취록과 영상을 볼 수 있다.)

현재 우리 사회에서 일어나는 대부분 문제는 이념 논쟁과 무관하다. 빨갱이는 없다. 있다고 하더라도 사회를 전복할 정도의 위험 수준이 아니다. 거시적인 관점에서 개선할 이념 문제가 있지만 현실에서 우리가 처리하는 문제는 대부분 이념과는 무관하다. 예를 들어 주거 안정, 범죄 예방, 아동 학대 방지는 이념과 무관하지만 복잡한 현실 문제다. 이상도 완성되기 어렵듯 현실 문제도 해결하기 어렵다. 현실 사회가 복잡하기 때문이다. 완전히 착하지도 않고 악하지도 않은 수많은 사람이 다른 생각을 품고 산다. 복잡한 문제는 복잡하게 해결해야 한다. 모두 모든 문제에 관심을 가질 수는 없지만 적어도 맹목적으로 정답을 확신해서는 안 된다. 누군가를 지지하기 전에 잠깐 멈추어 서서 지금 무엇을 지지하는지 생각해야 한다. 완전히 정의로운 사람은 세상에 없다.

우리는 증조할머니와 할머니와 어머니의 꿈이 현실이 된 세상에 살고 있다. 우리가 누리고 있는 평화 시대는 한때는 독립운동가의 꿈, 민주 투사의 꿈, 노동 운동가의 꿈, 그리고 여성 운동가의 꿈이었다. 평화 시대의 우리는 더 나은 꿈을 꾸어야 한다. 하지만 이 사회는 우리에게 이미 현실이 된 옛날의 꿈만을 계속 꾸기를 강요한다. 마치 누군가가 진짜 현실을 보지 못하게 하려고, 그래서 아무런 문제가 해결되지 못하도록 하려는 것 같다. 이 혼란함이 자신의 힘인 것을 너무나 잘 아는 사람들이 있어서 그렇다.

해피 엔딩은 없다

얼마 전 아이가 물었다.

"엄마, 해피 엔딩이 무슨 뜻이야?"

"행복하게 끝나는 이야기를 해피 엔딩이라고 하지."

아이가 잠시 생각하더니 다시 질문했다.

"《백설공주》에서 왕비는 죽잖아. 그런데 왜 해피 엔딩이라고 해?"

"해피의 기준이 주인공이라서 그래. 주인공인 백설공주가 행복하게 끝나는 이야기이니까 해피 엔딩이지. 권선징악의 이야기이기도 한데, 착한 주인공은 행복해지고 나쁜 주인공은 벌을 받아."

"왜 이야기가 그렇게 끝나?"

"그래야 이야기를 들은 어린이들이 착하게 살아야겠다고 생각하지 않겠어?"

아이가 이의를 제기했다.

"그렇게 이야기가 끝나면 불공평하잖아. 그러면 왕비는 착해질 기회가 없어? 나는 왕비한테도 착해질 기회를 주어야 한다고 보는데?"

"음… 그래, 맞아. 왕비도 용서받을 수 있지. 중요한 이야기네."

착해질 기회, 용서와 갱생에 관한 대표적인 이야기는

《레미제라블》이다. 19년간의 형기를 마친 장 발장은 세상에 분노하는 마음이 가득한 와중에 미리엘 주교의 은 식기를 훔친다. 도망친 장 발장은 헌병대에 잡혀 주교관으로 돌아오는데 주교는 장 발장의 죄를 용서한다. 용서를 계기로 장 발장은 새로운 삶을 살기 시작한다. 독자가 가벼운 마음으로 범죄자인 장 발장의 갱생을 응원할 수 있는 이유는 그가 이미 너무나 가혹한 죗값을 치렀기 때문이기도 하지만 처음부터 피해자가 장 발장을 용서했기 때문이다. 그래서 우리는 《레미제라블》을 읽으면서 자베르 경감으로 대변되는 국가가 왜 이미 용서받은 장 발장을 용서하지 않는지에 분노를 느낀다.

모든 죄인이 장 발장의 경우와 같다면 그를 용서하는 일은 심정적으로 어렵지 않다. 그는 용서받을 자격이 있는 사람이니까. 하지만 현실에서 용서는 어려운 문제다. 기사로 읽기조차 괴롭고 끔찍한 범죄를 접하면 사형도 부족한 느낌이 든다(《백설공주》의 왕비도 갱생이 의심되는 사람이다. 그녀가 저지른 범죄는 아동 학대, 살인 교사, 여러 번의 살인 미수다).

최근에 "피고인이 왜 반성문을 피해자가 아니라 판사에게 쓰느냐"라는 인터넷 기사 댓글을 읽었다. 피해자에게 잘못을 빌어야지 왜 판사에게 잘못을 비느냐는 의미다.

한편 이런 댓글도 있었다. “피해자와 합의해도 형을 깎아주면 안 된다.” 피해자가 용서해도 나쁜 놈은 나쁜 놈이라는 뜻이다. 모두 일리 있는 주장이다.

하지만 사법 시스템에서는 피고인이 판사에게 반성문을 내고 피해자와 합의하면 양형에 고려하는 것은 당연하다. 근대 사회는 사적 복수를 허용하지 않는다. 죄인의 죗값은 두 가지로 치르는데 하나는 국가로 받는 처벌이고 다른 하나는 피해자에게 하는 배상이다(물론 모든 범죄에 피해자가 있지는 않다. 국가적 법익이나 사회적 법익을 보호하는 경우 피해자 없는 범죄도 있다). 죄인이 형사 책임과 민사 책임을 다하면 국가든 피해자든 그에게 더 이상의 책임을 물을 수 없다. 피고인은 자신에게 유리한 주장을 할 권리가 있고 판사는 그 주장을 고려해야 한다(주장만 하면 받아들인다는 의미가 아니라 주장을 빠짐없이 판단해야 한다는 의미다). 판사가 반성문과 합의서를 읽는 이유는 적절한 죗값을 정하기 위해서다. 형사 재판에서 죗값을 정하는 데 고려하는 요소는 응보와 예방이기 때문에 뉘우치고 피해자에게 배상한 죄인은 그렇지 않은 죄인보다 달리 평가될 수밖에 없다.

그렇지만 사법 시스템을 이해하더라도 피해자의 시각에서 바라보면 부당함을 느낄 수밖에 없다. 가벼운 처벌에 만족하지 못해서일 수도 있지만 구조적으로 피해자가 아니라 판사가 죗값을 정하기 때문이다. 용서의 주체는 피해자이지만 피해자가 그를 용서하지 않아도 죄인은 법에서 정한 죗값만 치르면 사회적으로 구원된다. 영화 〈밀양〉에서 주인공 신애도 아들을 납치 살해한 범인이 평온한 표정으로 자신은 이미 하나님께 용서받아 마음이 편하다고 하자 무너지게 된다. 그를 만난 후 신애는 기도회에서 이렇게 말한다. "내가 그 인간 용서하기도 전에 어떻게 하나님이 먼저 용서할 수 있어요. 나는 이렇게 괴로운데 그 인간은 하나님의 사랑으로 용서받고 구원받았어요. 어떻게 그러실 수 있어요." 영화에서는 신이지만 현실에서는 법이다.

사법 시스템은 사회 전체를 위해 존재한다. 피해자

가 만족할 때까지 죗값을 물을 수도 없고 물어서도 안 된다. 죗값을 치른 죄인은 다시 사회의 구성원으로 받아들여져야 한다. 변호사로서 보는 나의 시각은 그렇다. 하지만 내가 피해자라면, 나의 가족이 피해자라면 관대하게 죄인을 용서할 수 있을까? 시스템은 철컹대며 돌아가고, 우리 중 그 누구도 이야기의 주인공은 아니다. 피해자도, 가해자도, 판사도, 검사도, 변호사도, 시민도 모두 만족하지 못한다. 누구에게도 해피 엔딩은 없다. 주인공이 없는 이야기라 그렇다.

거절할 수 없는 제안

교대역은 전단의 메카다. 10분 정도 걸으면 헬스 클럽의 홍보 전단 다섯 장 정도를 손에 쥐게 된다. 전단 정도야 받아서 버리면 그만이지만 휴지나 수세미를 내밀며 모델 하우스를 구경하라는 아르바이트생 아주머니의 제안은 부담스럽기 그지없다. 보통 내가 교대역 인근을 걸어 다닐 때는 주로 출퇴근을 하거나 재판에 갈 때라 마음에 한 톨 여유가 없다. 그래서 멀리서 아주머니가 보이면 시선을 바닥에 깔고 걸음을 더욱 재촉한다. 온몸으로 '저는 바쁩니다. 저에게 말을 걸지 마세요'라고 표현한다고나 할까. 하지만 아주머니는 어김없이 말을 건다. "언니, 언니, 나 한 번만 도와줘." 어떨 때는 팔을 잡아끌기도 한다. 손으로 단호히 거절 의사를 표시하지만 곤란한 기분이 든다. 나는 거절을 직업적으로 하는 사람인데도 그렇다. 거절해야 할 상황을 맞닥뜨리면 어떤 이상한 느낌이 든다. 죄책감과 비슷하나 그 정도로 격한 감정은 아니다. 불쾌까지는 아니지만 불편에다 짜증이 살짝 섞인 느낌이다.

내가 거절에 관해 최초로 고민해본 기억은 초등학교 때 〈베스트 극장〉의 '그날의 분위기' 편을 보면서였다. 혼전순결주의자인 여대생 주인공은 선배와 술자리를 가지다가 엉겁결에 하룻밤을 보낸다. 그날 잠자리로 여주인공은 임신

하게 되고 그 사실을 안 엄마는 딸 몰래 남자친구에게 찾아가 책임을 지라고 윽박지른다. 평소 잠자리를 거절당했던 남자친구는 주인공이 다른 남자와 잠자리를 가진 사실에 큰 상처를 받고 이별을 고한다. 결혼만이 해결책이라고 여겼던 엄마는 "왜 그랬니"라며 딸을 질책한다. 주인공은 힘없이 대답한다. "어쩔 수 없었어. 그날의 분위기가 그랬어." (대략 30년 전에 본 드라마라 대사는 부정확하다.) 이 드라마의 주제는 낙태 허용 여부이지만 6학년 어린이인 나는 다른 것이 궁금했다. 도대체 거절할 수 없는 그날의 분위기는 무엇이었을까?

우리는 왜 거절하지 못할까? 인터넷 서점 검색창에 '거절'을 입력하면 수많은 자기 계발서가 나온다. 거절에는 용기가 필요하고, 거절해도 당신의 실존은 그대로이고 죄책감을 느끼지 않아도 된다는 내용이다. 일리 있는 말이지만 거절하지 못하는 이유가 반드시 자존감 문제는 아니다. 물론 가스라이팅 등의 극단적인 경우도 있지만 일상에서 우리가 거절하지 못하는 이유는 '그날의 분위기' 상황에 가깝다. 곤란한 기분이 들어서, 분위기를 깰까 봐 거절하지 못한 것이다. 내가 전단을 거절할 때 마음이 불편한 이유는 아주머니에게 미움받을 용기가 없어서가 아니고(차라리 미움받고 싶다) 죄책감을 느껴서도 아니다. 거절해야 하는 상황 자체가 그냥 곤란하고 불편하다(진화 심리학적으로는 사회에서 배제되는 공포가 잠재되어서라고 한다). 그렇지만 나는 아주머니의 제안을 거절한다. 바쁘니까, 정확히는 거절하지 않으면 앞으로 벌어질 상황을 명확히 알기 때문이다. 모델 하우스를 둘러보다가는 재판에 늦고, 회사에 지각하고, 내가 퇴근하기를 기다리는 시터 이모에게 미안하기 때문이다.

'그날의 분위기' 편의 주인공이 선배와의 잠자리를 거절하지 못한 이유도 자존감이 낮아서라기보다는 장차 일어날 위험을 예측하지 못했기 때문이다. 사랑하지 않은 남자와 엉겁결에 성관계를 가지게 될 것을 알았다면, 임신할 것을 알았다면 그날 주인공은 일찍 집으로 돌아갔을 것이다. 거절하기 애매한 분위기에 상황을 방치하다 덜컥 애초에 예상하지 못한 선택을 하게 된다. 동업 관계에서도 이런 문제가 자주 발생한다. 좋은 게 좋지 하는 마음으로 친구를 안일하게 믿다가 돈 사고가 터지면 변호사를 찾아온다. 우리가 미움받기가 두려워서, 좋은 사람으로 보이고 싶어서, 자존감이 낮아서 거절하지 못했다면 똑같은 이유로 결과도 받아들일 것이다. 하지만 실제로 사건이 일어나면 우리는 배신감을 느끼고 서로 바닥을 드러내며 비난하다가 결국에는 소송을 불사한다. 결국 착해 보이고 싶어서가 아니라 경솔해서, 위험을 예측하지 못해서, 우유부단해서 거절하지 못한 것이다.

영화 〈대부〉 시리즈를 관통하는 명대사는 "그에게 거절하지 못할 제안을 하지"다. 비토 꼴레오네와 마이클 꼴레오네가 모두 하는 대사인데, 여기서 거절할 수 없는 제안이란 거절하면 일차적으로 죽은 말의 머리를 선물 받고, 다음에는 네가 그 말의 머리가 될 것이라는 협박이다. 이 대사를 인용하면서 상대가 거절하지 못하도록 제안해야 한다는 글을 본 적이 있다. 가스라이팅을 계획 중이거나 마피아가 되려고 결심한 사람에게는 유용한 조언이겠다. 상대방을 배려하는 사람은 거절하지 못하는 제안을 하는 대신 선택할 기회와 숙고할 시간을 준다. 누군가 거절하지 못할 분위기를 조성하면 그를 의심해야 한다. 그는 지금 당신에게 부당하게 강요하고 있다. 심각한 자존감 문제가 없는 사람에게도 거절은 곤란하다. 그러므로 거절에 유용한 덕목은 용기와 자존감 회복보다는 이해타산과 위험 예측이다. 나를 위해 불편해도 거절해야 한다. 그래도 거절이 어려우면 쉬운 해결책이 있다. 변호사를 찾으면 된다.

보잘것없는 악

〈CSI〉 시리즈는 영국 하드록 밴드 '더 후(The Who)'의 노래를 오프닝 곡으로 썼다. 시리즈의 창작자 및 제작 책임자였던 앤서니 자이커가 더 후의 팬이었기 때문이다(숟가락을 얹자면 나도 팬이다!). 대부분 들어보았겠지만 오리지널 시리즈의 오프닝 곡은 〈후 아 유(Who Are You)〉인데 후렴구에 "후 아 유"라는 가사가 반복된다(참고로 마이애미는 〈Won't Get Fooled Again〉, 뉴욕은 〈Baba O'Riley〉다). 대학교 때 친구와 고시 식당 텔레비전으로 〈CSI〉를 보다가 드라마에서 저 '후 아 유'가 누구에게 하는 질문인지에 토론한 적이 있다(원래 고시생들은 무료한 나머지 이런 한심한 이야기를 자주 한다). 친구는 범인에게 하는 질문이라는 의견이었고 나는 피해자에게 하는 질문이라고 주장했다. 당시에는 〈CSI〉 에피소드는 '피해자가 누군지'에서 출발해 '범인이 누군지'로 귀결되니까 피해자가 누군지가 더 중요하다고 생각했다.

얼마 전에 불현듯 이 대화가 떠올랐는데 지금 생각해보니 친구 말이 맞았다. 범죄는 하나의 거대 오락 산업이고 이 산업의 실질적인 주인공은 범인이다. 요즘은 범죄물이 아닌 드라마나 영화에서도 연쇄 살인범이 심심찮게 등장한다. 〈크리미널 마인드〉처럼 아예 연쇄 살인범만 나오는 드라마도 있다. 〈CSI〉를 처음 보았을 때 끔찍한 장면에 몹시 충

격받았다. 하지만 이제는 잔인함에 대한 역치가 높아져서 〈CSI〉 정도는 그리 무섭지 않다. 실제 사건을 다룬 텔레비전 프로그램이나 유튜브 채널도 인기다. 사이코패스는 누구나 아는 단어가 되었고 평범한 사람도 인터넷에서 엉터리 테스트를 하며 '혹시 나도 사이코패스인가?'라며 자신을 의심한다. 물론 범죄 드라마 시청자 대부분은 수사물을 볼 때 경찰이나 프로파일러나 과학 수사관이나 검사에게 감정을 이입해서 범인이 잡히고 정의가 회복되기를 바란다. 하지만 실제 우리가 골똘히 바라보는 대상은 범죄와 범죄자다. 드라마 분량만 보아도 범죄자와 범죄를 사실적으로 묘사하는 데 대부분을 할애한다.

우리는 왜 범죄자의 마음을 궁금해할까? 이해를 통해 두려움을 없애기 위해서일 수도 있고 그저 기괴한 인간에 대한 흥미를 느껴서일 수도 있다. 인간 본성이 무엇인지, 나의 내면에도 똑같은 악이 있는지 알고 싶어서일 수도 있다. 연쇄 살인범이라는 표현을 처음 쓴 사람으로 유명한 FBI 수사관 로버트 레슬러는 《살인자들과의 인터뷰》에서 "살인범은 자신이 품고 있는 환상에서 동기를 부여받아 사람을 죽이게 된다"라고 했다. 그들은 강력한 환상에 사로잡힌 나머지 그 환상의 실현을 참을 수 없어 살인자가 된다는 의미

다. 이 부분을 읽으면서 그동안 두려움이나 기괴함으로 제대로 보지 못했을 뿐 실상 악이 참으로 보잘것없다는 생각이 들었다. 미디어에서 범죄를 다룰 때 우리는 살인범의 끔찍한 환상과 그 환상의 실현에 주목한다. 그들은 왜 환상을 가지게 되었나? 유전적 결함? 양육 환경? 전두엽 손상? 그들은 어떤 환상을 가졌나? 쾌락 살인? 네크로필리아? 아동성애? 사디즘? 그들이 어떤 방식으로 환상을 실현했나? M.O.(modus operandi) 부분은 나의 입으로 말하고 싶지 않다. 그런데 이 기괴하고 소름이 끼치는 환상의 거품을 덜어내고 나면 욕망을 참지 못하는 미숙한 인간만 남는다.

우리는 모두 성마른 아기로 태어나고 누구나 자신만의 욕망을 마음에 품고 있다. 하지만 나의 욕망을 조율하는

법을 익히며 성숙한다. 나쁜 욕망은 자제하고 더 나은 사람이 되려고 노력한다. 인간의 본성은 선한가, 악한가. 오랜 논쟁 주제이지만 나는 '지금보다 더 나은 존재가 되려는 본성'이 있다고 생각한다(심지어 연쇄 살인범도 지금보다 더 나은 연쇄 살인을 하려고 애쓴다).

제2차 세계대전 중 독소 전쟁에 참전한 소녀 병사들의 인터뷰를 담은 스베틀라나 알렉시예비치의 《전쟁은 여자의 얼굴을 하지 않았다》에는 이런 에피소드가 나온다. 어느 날 한 소녀병은 들판에서 독일 병사들이 빨치산들을 갈기갈기 찢겨 내장이 보이도록 살육한 현장을 발견한다. 그런데 시체 더미 근처에서 말들이 풀을 뜯고 있었다. 그 광경을 보고 그녀는 이렇게 생각했다. '어떻게 사람이 되어가지고 말들이 보는 데서 이런 끔찍한 짓을 저지를 수 있을까. 동물이 있는 데서, 말들이 다 보았을 텐데….'

우리가 타인을 배려하고 욕망을 억제하는 이유는 선하게 태어나서도 아니고 악하게 태어났는데 처벌이 두려워서도 아니다. 말보다 나은 존재가 되고 싶은 마음, 나의 품위를 스스로 지키고 싶은 마음이 있기 때문이다. 이런 감정을 자아 존중감이라고 한다. 그리고 이 마음을 타인에게로 확장해나간다. 지금은 조금 익숙해졌지만 처음 피해자 부검

사진을 보았을 때는 기분이 몹시 이상했다. 끔찍하거나 무서웠다면 그렇게나 생경한 느낌이 들지 않았을 것이다. 생명이 사라진 몸이 무미건조하고 황량해서, 한때는 인간이었던 존재가 너무나 아무것도 아니어서 서글프고 이상했다. 타인을 물건으로 보고 죽일 수 있는 인간이 보는 세상이 이런 것일까?

* * *

범죄는 재미있다. 돈이 된다. 하지만 우리는 악인이 그다지 특별하거나 대단한 사람이 아니라는 점을 기억해야 한다. 더 나은 사람이 되려고 애쓰는 수많은 사람 사이에서 그는 자라지 못한 텅 빈 마음으로 기괴한 환상을 좇아 철없이 날뛰고 있을 뿐이다. 범죄자도 하찮은 사람은 아니다. 그렇지만 그가 벌인 악은 하찮다. 〈후 아 유〉의 가사는 더 후의 기타리스트 피터 타운젠트가 소호역 출입구에 술에 취해 널브러져 있다가 록스타인 그를 알아본 경관을 만난 후 썼다. 그러니까 "너는 누구냐"는 경관과 헤어지고 나서 스스로에 던지는 질문이다.

잠들기 전 가끔 아이가 이런 말을 한다. "엄마, 자고

싶은데 자꾸 무서운 생각이 떠올라." 그럴 때마다 나는 이렇게 다독인다. "우리 그러면 좋은 생각으로 덮어버리자." 아이가 잠들면 이마에 좋은 꿈 씨앗을 심어준다. 좋은 것을 보고 좋은 생각을 하려고 노력해야 한다. 세상을 핑크빛 놀이공원으로 왜곡해서 인식하라는 의미가 아니다. 이 우울한 현실에서도 우리가 좋은 것을 보려고 애써 노력해야만 하는 이유는 더 나은 꿈을 꾸고 욕망해야 하기 때문이다. 그래서 자신에게 자꾸만 물어보아야 한다. 도대체 너는 누구냐고.

죄송하지만 당신은 정의가 아닙니다

나는 직관적인 사람이다. 성격이 급해서인지 문제를 끝까지 읽기도 전에 답을 내린다. 이런 유형의 인간은 까딱 잘못하면 고집쟁이 독선가가 된다. 직관이란 실은 근거도 없이 답을 확신하는 것인데도 우연히 몇 번 감이 맞은 경험을 두고 '이번에도 내가 맞았구나' 하며 인지 편향으로 인한 확신에 빠지기 일쑤이기 때문이다. 다행히 본성에 맞지 않은 법학을 전공하고 직업으로 삼았기 때문에 이런 문제가 조금은 개선될 수 있었다. 혹시 나와 같은 사람이 있다면 생활 법률 상식보다는 법학적 사고방식이 일상에 유용하리라 생각되어 소개해보고자 한다.

사회면 뉴스에 인공지능(AI)이 판사를 하면 공정할 것이라는 댓글도 많은데 법적 판단은 답을 내리기 위한 알고리즘이 있어서 실제로 AI와 비슷한 판단 과정을 거친다. 이 알고리즘을 거칠게 설명하자면 이렇다. 당사자가 주장하면 '요건 사실'(법률 요건을 이루는 개개의 사실)을 찾고, 요건 사실이 인정될 수 있는지 증거를 보고 최종적으로 법률 효과 발생을 판단한다. 포인트는 주장과 사실이 구분된다는 점이다. 일상에서 어떤 판단을 내리기 전에 이 점을 기억할 필요가 있다. 주장은 주장일 뿐이다. 사실을 인정하기 위해서는 주장을 뒷받침하는 객관적 증거를 확인해야 한다.

커뮤니티 게시판, 유튜브 채널, 심지어 뉴스 보도도 한쪽의 주장만 담고 있을 때가 많다. 오죽 답답해서, 도움을 청할 데 없는 피해자라서, 읽어보니 사실 같아서 함부로 단정하지만 주장은 어디까지나 주장일 뿐이다. 인간의 주장이 진실하지 못할 경우는 상당히 많다. 변호사도 상담할 때 고객의 이야기를 무조건 믿어서는 안 된다. 나중에 증거를 받아서 사실 관계를 검토해보면 애초의 주장과 상당히 거리가 멀어질 때도 많기 때문이다. 의도적으로 남을 해칠 목적으로 거짓말을 하는 사람도 있고 아전인수격으로 사태를 파악하거나 사실을 오인해서 엉뚱하게 파악하는 사람도 있다. 가끔 사기꾼을 만날 때가 있는데 정말 객관적인 증거와 하나도 맞지 않는 말을 저렇게 진실하게 할 수가 있을까 놀라게 된다.

우리가 판단을 신중하게 하는 이유는 오류 가능성을 줄이기 위해서이기도 하지만 법이 정한 절차에 따라 문제를 해결하는 방식 자체가 또 다른 정의의 실현이기 때문이다(이를 절차적 정의라고 한다). 가해자의 처벌도, 피해자의 권리 회복도 모두 법적 절차 내에서 이루어져야 한다(이를 법치주의라고 한다). 놀부는 못된 놈이다. 부모의 유산도 독차지했고 아내를 사주해서 흥부를 주걱으로 폭행하기도 했다. 이

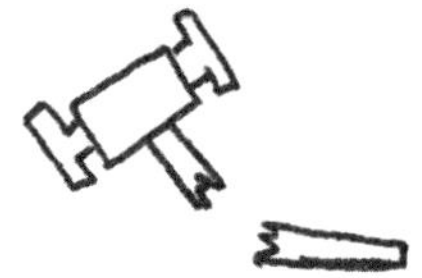

웃 주민으로서 이 모습을 지켜보던 세일러문이 나타나 소리쳤다. “사랑과 정의의 이름으로 너를 용서하지 않겠다.” 세일러문은 마술봉으로 심술궂은 놀부를 마구 두들겨 팼고 놀부는 전치 6주의 상해를 입었다. 결국 세일러문은 상해죄로 기소되어 재판받게 되었다. 세일러문은 스스로 이렇게 변론했다. “판사님, 저는 사랑과 정의의 이름으로 놀부를 혼내주었을 뿐입니다.” 판사는 이렇게 대꾸했다. “사랑은 법적인 문제가 아니지만 당신은 확실히 정의가 아닙니다.” 놀부의 악행과 별개로 놀부는 타인에게 폭행당하지 않을 권리가 있다. 놀부가 아무리 나빠도 세일러문은 직접 놀부를 혼쭐낼 권리가 없다.

사적 제재는 정의 실현처럼 보이지만 실제로는 법치

주의를 근본적으로 부정하는 일이다. 식당 주인이 뻔뻔해서 좌표를 찍고 별점 테러를 하고, 학폭 의혹이 제기되면 낙인부터 찍고 방송 출연이 취소되고, 피해자가 자살하면 가해자라고 일컬어진 사람의 신상을 턴다. 마녀사냥식의 군중심리는 어쩌면 자연스럽다고 볼 수도 있지만 이에 대한 언론의 태도가 충격적이다. 클릭 수로 돈을 버는 언론은 사실 확인도 없이 의혹을 보도한다. 의혹을 반복해서 보도하면서 대중의 분노를 부추긴다. 최근 대전 교사 자살 사건에서 가해자 신상털이에 대한 보도는 참담하다. 사태에 관한 한 기자의 논평은 이랬다. “정의 실현이라는 의견도 있다. 하지만 과도하다는 전문가들의 우려도 있다.” 마치 두 가지 의견이 똑같은 가치를 가진다는 듯한 태도다. 피해자가 안타깝지만, 가해자가 고통을 겪어 속이 후련하지만, 신상털이는 절대로 정의 실현이 아니다. 정의에 가깝지도 않다. 또 다른 악행일 뿐이다. 확실히 해두자. 당신은 정의가 아니다.

분노한 당신이 나서서 조두순의 머리를 내려치면 사회 정의가 실현될 것 같다. 하지만 조두순이라고 아무나 때려도 되는 사회가 정의로울까? 우리는 이미 정의 실현을 위한 시스템을 갖추고 있다. 당장 당신의 분노가 끓어오르고 누군가에게 화를 내고 싶더라도, 당신이 경솔하게 돌을 던지지 않게 하려고, 또 당신이 함부로 돌을 맞지 않게 하려고 우리는 법치주의라는 시스템을 만들었다. 정의를 지키기 위해 시스템에 오류가 있으면 시스템을 수정하면 된다. 법을 고치고 제도를 고치면 된다. 하지만 시스템 자체를 부정하면 그때부터는 진짜로 정의가 없는 사회가 된다.

결혼 갱신제와 평범한 이혼

결혼 축사에 빠지지 않은 관용구는 “죽음이 우리를 갈라놓을 때까지”다. 죽음과 이혼이 아니라면 일단 시작된 결혼은 남은 삶까지 계속된다. 최근에 결혼 10주년을 맞으면서 결혼이 무엇인지 고민해보았다. 표준국어대사전상 결혼의 정의는 “남녀가 정식으로 부부 관계를 맺음”이다(제도적으로 동성혼을 포함할지에 관해서는 사회적 논의가 진행되어야 하겠지만 이미 동성혼을 포섭하는 국가도 많기 때문에 적어도 단어 정의는 달라져야 한다고 생각한다). 부부는 무엇인지 싶어서 찾아보면 “남편과 아내를 이르는 말”이다. 또 남편은 “혼인하여 여자의 짝이 된 남자”이고 아내는 “혼인하여 남자의 짝이 된 여자”다. 같은 단어로 번갈아 가며 정의를 주고받다가 결국에는 사전이 포기하고 ‘대충 그런 뜻이야, 알아서들 이해해’라며 얼버무리는 것 같다.

법적인 정의는 사전보다는 조금 더 구체적이다. 법에서는 결혼보다는 혼인이라는 용어를 선호하는데 혼인의 법적 정의는 “사회관계상 부부라고 인정되는 정신적·육체적 결합”이다. 정신적·육체적 결합이라니, 아무리 가까이 다가가도 하나가 될 수는 없던데…. 실제로 정신적·육체적으로 결합한 모습을 상상해보면 약간 으스스하다. 어찌 되었든 결혼 생활 10년째이지만 결혼이 과연 무엇인지는 잘 모르겠

다. 법률상 혼인의 성립 요건은 일견 분명한데, 혼인할 의사를 가지고 혼인 신고를 하면 된다. 이때 '혼인 의사'는 사회관계상 부부라고 인정되는 정신적·육체적 결합을 할 의사를 의미하고, 결국 원점으로 다시 돌아가 의미를 알 수 없음의 되풀이다. 어찌 되었든 수많은 남녀가 이 정확히 무엇인지도 모를 혼인할 의사를 가졌다 치고 혼인 신고를 하고 법률상 부부가 된다. 여기서 재미있는 사실 하나. 우리는 사랑이 결혼의 동기라고 생각하지만 보다시피 국어사전에서도 법에서도 결혼의 정의에서 사랑을 전혀 고려하지 않고 있다.

결혼과 관련해 또 하나의 재미있는 사실은 혼인도 당사자의 의사 합치로 성립하는 하나의 계약이라는 점이다. 혼인 계약에서 눈에 띄는 특징은 계약 기간이다. 혼인 계약

은 죽음이 우리를 갈라놓을 때까지 유효하다. 만일 계약 기간이 '임차인의 죽음'인 임대차 계약을 체결하면 반사회적 법률 행위로 무효가 될 가능성이 매우 크겠지만 임대차 계약과 비교도 안 되는 다종다양한 권리와 의무가 얽혀 있는 혼인 계약은 어떤 이유인지 너무나 당연하게 영원함이 원칙이다. 왜라고 물어보면 '그것은 원래 결혼이니까'라는 답 없는 도돌이표로 돌아간다. 혼인 계약은 영원히 영원해야 할까? 우리가 결혼을 두려워하고 견딜 수 없어 하는 이유는 어쩌면 무한함 때문일지도 모른다. 오래된 관습이 변하듯 혼인 계약도 변화할 수 있지 않을까? 가령 임대차 계약처럼 갱신제를 도입해볼 수도 있다. 혼인 신고일로부터 5년이 지나면 강제 이혼이 성립하되 쌍방의 갱신 합의서를 제출하면 혼인이 지속되는 식이다. 갱신 기간이 다가오면 상대방의 눈치도 보고 관계에 관한 이야기를 나누어볼 수 있을 것이다. 죽음이 인류를 성숙하게 했듯 어쩌면 끝이 있는 결혼도 우리를 성숙하게 해줄지도 모른다.

결혼 갱신제는 개인적인 공상에 불과하지만 실제 변호사로 이혼을 다루다 보면 결혼이 영구적으로 무한해야 하는지 생각이 복잡해진다. 이혼을 망설이는 이유는 남아 있는 사랑 때문일 수도 있지만 대부분은 경제적 곤란, 불안한 자녀 양육 환경, 이혼 자체에 대한 사회적 비난 등 때문이다. 다시 말해 이혼이 더 손해라서 이혼을 거부하는 것이다. 이혼이 더 손해인 상황을 만든 결정적 장본인은 법원이다. 최근 SK 최태원 회장과 아트센터 나비 노소영 관장의 이혼 소송에서 위자료 액수가 이슈였다. 30억 원을 청구했는데 법원이 인용한 액수는 1억 원이었다. 노소영 관장의 정신적 고통에 비하면 터무니없이 적은 금액이지만 실제 이혼 소송에서 위자료는 이보다 훨씬 적어서 대개 3000만 원 정도다. 20년 동안 이루 말 못할 가정 폭력에 시달린 사람도, 끝없이 바람을 피운 배우자 탓에 극심한 우울증으로 자살 시도를 한 사람도 법원이 판단하는 정신적 손해로는 고작 3000만 원어치 정도다.

⁂

이혼 소송 판결문에서 인정된 위자료 액수를 볼 때마다 우리 법원이 인간의 고뇌를 너무 가볍게 보는 것이 아닌가 생각하게 된다. 이혼 후 자녀 양육에 관한 판단은 더욱 심각하다. 재판상 이혼의 경우 양육비는 '양육비 산정 기준표'에 따라 정해지는데 현실적이지 못한 금액이고, 재산 분할에는

자녀 양육에 대한 고려가 없어서 양육 환경에 급격한 변화가 생긴다(집 한 채가 거의 유일한 재산인 대부분의 가정에서 비양육자가 집의 절반을 재산 분할로 가져가면 기존 주거 환경을 유지하기 어렵다). 결론적으로 자녀를 양육하는 쪽은 독박 육아 상황에 놓일 뿐만 아니라 경제적으로도 손해인 상황이다. 이혼 후 안정적인 양육 환경을 유지할 현실적인 재산 분할 방법에 관해 심도 있는 논의가 필요하다.

이혼을 청구하는 사정은 수만 가지이겠지만 결국에는 한 가지로 수렴된다. 더는 결혼 생활을 견딜 수 없어서다. 혼인이 계약이라고 하면 일방이 파기하고 싶어 하면 파기할 수 있어야 한다. 그런데 우리 법원은 오직 이혼을 말리는 데만 온 신경을 곤두세우고 있다. 이혼 판결문만 보아도 알 수 있는데 이혼 성립 여부에 관해서만 고심하며 판단하고 재산 분할이나 위자료는 공식처럼 간단히 계산한다. 정작 이혼 이후의 삶은 재산 분할이나 위자료에 있는데도 말이다.

법원이 스스로 이혼 후의 삶 때문에 이혼하지 못하는 이런 상황을 만들어놓고서는, 동시에 착한 보호자 행세를 하며 이혼을 막고 있다. 현실적으로는 죽음이 우리를 갈라놓기 전에 끝나는 결혼도 무수히 많다. 이혼하려고 변호사를 찾아오는 사람들은 거창한 행복을 꿈꾸는 사람들이 아니다. 대부분은 더는 못 견딜 상황에서 벗어나 평범한 삶으로 돌아오고자 한다. 결혼하든 이혼하든 결혼하지 않든 우리는 스스로 선택할 수 있어야 한다. 그리고 국가와 사회는 개인이 자유롭게 선택할 수 있도록 환경을 만들어야 한다. 이혼도 결혼만큼 평범한 일이다. 이제는 사회가 받아들일 때도 되었다.

3부

“책을 읽으세요!” 사회가 당신에게 권한다. 단언컨대 책은 인류 최고의 발명품 중 하나다. 움베르토 에코가 말했듯 책은 수저나 망치나 바퀴 또는 가위처럼 한번 발명되고 나면 더 나은 것을 발명할 수 없는 그런 물건이다. 책은 정보 전달에 최적화되어 있다. 텍스트는 정보를 가장 빠르게, 효율적으로 전달한다. 정보의 홍수 속에서 책은 상대적으로 양질의 정보를 담고 있다. 여러 손을 거쳐 신중하게 만들어지기 때문이다. 책은 현실의 외연을 넓힌다. 예컨대 책으로 우리는 시간과 공간을 초월하며 셰익스피어와 만날 수 있다.

하지만 모든 책이 좋은 책일까? 나는 엉망진창인 책만 꽂힌 책장을 하나 알고 있다. 대학교 재학 중 캠퍼스 내에 스타벅스 매장이 생겼다. 지금이라면 이슈 거리도 안 되겠지만 당시에는 학교 재단의 자본주의적 행태에 비난 여론이 들끓었다. 누군가 밤중에 항의 표시로 통창에 돌을 던졌다. 연이어 오픈한 커피빈 매장은 고려대생의 과격함을 염려했는지 일반 매장과는 사뭇 다른 분위기였다. 인테리어 콘셉트가 을씨년스러운 도서관이었다. 한쪽 벽에 시뻘겋고 커다란 호랑이 머리를 그린 유화가 있었다. 그림은 생뚱맞은 탱화 같기도 했고 짱돌의 액막이용 부적 같기도 했다. 다른 한쪽 벽면에는 책이 가득했다. 어찌 되었든 커피빈 책장은 정말이지 나의 즐거움이었다. 책 때문이 아니라 책장 운영 방식 때문이었다.

누구나 마음껏 책을 가져와 책장의 다른 책과 교환할 수 있었다. 감시하는 사람도 없었다. 설치자의 의도는 아마도 양서의 무한 순환이었을 것이다. 하지만 영구 기관이 열역학 제2 법칙에 반하듯 자율 교환 책장도 인간 본성에 반했다. 학생들과 인근 주민들은 방구석에서 나뒹구는 쓸모없는 책을 가져다가 조금이라도 나은 책과 바꾸었다. 결론적으로 커피빈 책장은 나날이 기괴해졌다. 당시 무료한 고시생이었던 나는 취미 삼아 자주 책장을 확인했다. 어느 날에는 신부님이 쓴 《약돌 지압 치료법》을 발견했다. 내용이 이상하지는 않았지만 신부님과 약돌 지압 기술의 조합이 컵케이크와 주지 스님처럼 생경했다. 다른 날에는 은퇴한 외교관 부인의 회고록을 찾아냈다. 해외 공관 생활에 대한 경험을 나누기 위한 책 같았지만 숨은 목적은 남편의 외도 상대를 향한 분노 표출이었다. 기억에 남는 문장은 이랬다. "그년은 나쁜 년이었다. 참으로 독거미 같은 년이었다."

타락한 커피빈 책장이 입증하듯 모든 책이 좋은 책은 아니다. 반대로 좋은 책임에도 도서 애호가들이 무작정 무시하는 분야가 있는데 바로 자기 계발서다. 솔직히 나도 얼

마 전까지는 자기 계발서를 좋아하지 않았다. 하지만 최근에 마음을 바꾼 계기가 있었다. 서점에 갔는데 베스트셀러 선반 절반을 자기 계발서가 채우고 있었다. 사람들이 이렇게나 열광한다면 분명히 이유가 있겠지 싶어 그날부터 마음먹고 자기 계발서를 읽기 시작했다.

조사해보니 자기 계발서에는 크게 세 가지 유형이 있었다(어디까지나 개인적인 분류다). 첫 번째는 학술적인 유형이다. 심리학적·과학적 분석을 통해 고민 해결 방법을 구체적으로 제시하는 책이 여기에 속한다. 《그릿》이나 《아주 작은 습관의 힘》 등이 그렇다. 실천할 수 있느냐가 관건이지만 실용적으로 도움이 되었다.

두 번째는 마음이 모든 문제를 마법처럼 해결한다는

《시크릿》 유형이다. 두 번째 유형도 목적은 선하다. 독자에게 긍정적 마음가짐을 독려하고 상처를 위로한다. 신비로운 메시지에 감화된 당신은 결심한다. “그래! 이제부터 나를 사랑한다! 나도 할 수 있다!” 하지만 대개 결심은 책을 덮으면 사라지기 때문에 실제 효용은 다소 의문이다. 요식업으로 대단히 성공한 CEO가 쓴 책도 읽었는데 아침마다 의식처럼 성공한 모습을 머릿속에서 시각화해야 한다는 것이 주된 내용이었다. 실제로 성공을 이룬 사람 같았는데 본인을 제대로 평가하지 못한 것 같았다.

세 번째는 책과 성공을 묶어 파는 유형이다. 시대에 따라 변주는 있지만 이런 패턴이다. 생활고를 겪던 이 시대의 평범한 청년인 저자는 어느 날 우연히 책을 읽었다. 그 후 닥치는 대로 책을 읽었고 성공했다. 당신도 책을 읽어라. 책을 읽으면 성공할 것이다. 그런데 이 책에서 제시하는 성공의 방법은 오직 저자에게만 유효하다. 그는 책을 읽으라는 책을 써서 돈을 벌었기 때문이다. 하지만 성공적으로 성공을 이야기하는 것 외에 그가 실제로 무엇을 성공했는지 의문이다. 독하게 말하자면 세 번째 유형은 무용을 넘어 유해하다. 독서에 황당한 기대를 주입해서 책에 익숙하지 못한 독자를 실망하게 한다. 책을 읽어도 당장 성공할 수 없기 때문이다. 실망한 독자는 이후 책을 읽으라는 책에만 반응한다. 오직 그런 책만이 성공을 보장하기 때문이다.

책은 당신을 성공으로 메다꽂아주지 않는다. 당신을 도울 뿐이다. 자기 계발의 주체는 당신이다. 좋은 책은 방법을 구체적으로 제안한다. 다시 한 번 강조하건대 책을 읽으라는 책은 좋은 책에서 제외다. 책을 읽으라는 책 대신 실제로 책을 읽는 편이 여러모로 현명하다. 시간과 돈을 아끼고 환경에도 유익하다.

다독가라고 할 정도는 아니지만 나는 책을 좋아한다. 책의 진정한 효용은 나의 무식을 깨닫는 것이다. 책을 읽으면 내가 전혀 모르는 세상이 보인다. 아주 가끔 어떤 진리를 깨달았다고 착각할 때도 있지만 금세 나의 한계를 깨닫는다. 나는 외로울 때마다 책을 읽었다. 책은 버팀목이 되어주고 나를 위로했다. 그 밖에 여러 효용이 있지만 책의 장점을 꼭 하나만 꼽자면 재미다. 타인의 생각은 흥미롭다. 서로의 생각이 얽히고설켜 '뿅' 하고 새로운 생각이 된다. 그렇게 일순 무언가를 얻은 것 같다가도 다시 아스라이 사라진다. 사라지는 깨달음을 억지로 붙잡아둘 필요는 없다. 세상에는 새로운 책이 넘친다. 여러분도 좋은 책을 읽었으면 좋겠다. 좋은 책은 머리를 맑게 하고 마음은 어지럽힌다. 책에서 자신만의 재미를 발견하기를 기원한다.

(글을 쓰다 보니 불현듯 이런 생각이 들었다. '망했네. 이거야말로 책을 읽으라는 책이잖아!')

새 학기만 되면 장래 희망을 조사한다. 청소년에게 장래 희망을 묻는즉슨 자신이 하고 싶은 직업이 무엇인가다. 중학교 이래 나의 장래 희망은 '핑크색 가죽 바이커 재킷을 입은 할머니'였다. 선생님이 꿈을 구체적으로 실현할 방법을 생각해보라고 했을 때는 재킷의 디자인을 상상했다. '소재는 양가죽에 색깔은 인디언 핑크가 좋겠고, 소매와 팔꿈치 부분에는 금색 스터드 장식을 달고…' 여중에 다녔는데 교장 선생님은 훈화 말씀을 끝낼 때마다 이렇게 말했다. "여러분, 함께 외쳐봅시다! 걸스, 비 엠비셔스(Girls, be ambitious)!" 그 말을 들으며 속으로 생각했다. '음. 저는 야망과는 거리가 먼 사람인데요. 여러분, 저는 마음이 평화로운 할머니가 되고 싶습니다!' 나는 늘 미미한 존재를 꿈꾸었다. 베르나르 베르베르의 《타나토노트》에서 히틀러가 분재로 환생해서 괴로움을 당하는 장면이 있다. 중학교 때 그 부분을 읽고 다음 생에 나는 무엇으로 환생할까를 진지하게 고민했다. 이왕이면 죽을 때 고통 없고 신체의 완전성을 유지하고 싶었다. '아하! 나의 다음 생은 심해의 플랑크톤이다!'

나는 위인전을 싫어했다. 좀처럼 위인에게 존경심이 들지 않았다. 솔직히 말하면 성격 파탄자처럼 위인을 질투했다. 에디슨의 명언에는 분노했다. '흥! 그러니까 1퍼센트의 영감이 없으면 아무리 노력해도 소용이 없다는 뜻이네.' 위인에게 질투를 느낄 때마다 스스로에 정확히 설명할 수 없는 부조리함을 느꼈다. 논리적으로 위인과의 경쟁은 원대한 야망으로 이어져야 했다. 그런데 나는 왜 야망이 없을까? 왜 삶을 훌쩍 뛰어넘어 할머니가 되고 싶었을까? 오랫동안 이유를 곰곰이 생각해보았는데 최근에 깨달았다. 나는 야망에 압도되어 오히려 일찌감치 삶을 포기했던 것이었다. '모 아니면 도. 어차피 위인도 되지 못할 거 아무렇게나 살자.' 나는 원래 자기 객관화의 화신이었다. 평범한 사람임은 진작 알았다.

에릭 칼의《배고픈 애벌레》를 시작으로, 우리는 많은 애벌레가 나비가 되는 이야기를 듣고 자란다. 이야기의 줄거리는 단순하다. 징그러운 애벌레는 번데기의 고통을 견디고 마침내 아름다운 나비가 된다. 희망을 주는 아름다운 이야기다. 하지만 나비의 변태에는 에디슨의 명언같이 비틀린 은유가 있다. 애벌레의 자기 비하, 나비로만 삶이 완성된다는 강박과 허무주의가 그것이다. 우리는《배고픈 애벌레》를 읽으며 한 번의 고통과 한 번의 깨달음으로 완성되는 삶을 상상하며 자란다. 번데기를 벗어던지고 나비가 되어 하늘을 날면 이야기가 끝난다. 원하는 직업을 가짐으로써 장래

의 희망은 완수된다. 하지만 삶은 과거에도, 현재에도, 미래에도 현재형으로 살아가는 것이다. 내가 애벌레든 번데기든 나비든 매 순간이 나의 삶이다. 나의 현재는 미래를 위한 수단이 아니다.

중학생인 나에게 말할 기회가 있다면 이렇게 당부하고 싶다.

> 바닥을 기어도 괜찮아. 지금의 너만이 볼 수 있는 세상이 있으니까. 현재의 관점으로 세상을 보렴. 너는 나비가 되지 못할지도 몰라. 완전 변태를 하는 곤충보다 불완전 변태나 무변태를 하는 곤충이 훨씬 많으니까. 날지 못하는 개미가 될 수도 있지. 그래도 하늘을 날고 싶다면 방법을 연구해보렴.

야망이나 노력이 부족하다고 생각하지만 실제로는 방법을 몰라서 못 하는 거야. 애벌레인지 나비인지 개미인지는 중요하지 않아. 너의 생각이 중요하지. 노력하고 운이 따른다면 언젠가는 비상할 수도 있겠지만 그것으로 너의 삶이 완성되지는 않는단다. 인생은 고되고 지난하지만 매 순간 아름답더라.

물론 중학생의 나는 이렇게 대꾸할 것이다. “됐고요. 아줌마, 그런데 나의 미래가 어쩌다가 고작… 당신?” 그러게나 말이다. 하하하. 그러니까 네가 대신 좀 바꾸어주렴.

나는 대도시를 좋아한다. 인공 구조물은 흥미롭다. 한강을 가로지르는 철교를 보면 어떻게 만들었을까 궁금하다. 사람을 좋아한다. 출근길에 스쳐 지나가는 사람들의 속사정이 무엇일지 상상해본다. 유치원 차에서 내려 줄지어 걸어가는 아이들이 사랑스럽다. 과학 기술로 신묘하게 조율된 신호등의 점멸, 법에 따라 일사불란하게 움직이는 자동차를 보면 인간이 만들어낸 섭리를 느낀다. 그런데 조금 더 걷다 보면 살짝 오싹해진다. 거대한 도시에 마주치는 동물이라곤 인간뿐이다. 잠시 후 몇 마리의 비둘기, 주인과 산책하는 강아지, 쓰레기통을 뒤지는 고양이를 보았다. 그것이 전부다. 종의 다양성 측면에서 도시는 이미 대멸종 상태다.

나의 마음에는 오래된 멸종의 공포가 있다. 대학교 때 태평양 쓰레기 섬에 관한 다큐멘터리를 보았다. 미세 플라스틱의 존재를 처음 알게 되었다. 충격이었다. 환경 문제를 조사했는데 심각성에 압도되어 며칠을 두문불출했다. 공부도 할 수 없었다. 환경 문제의 근본 원인은 과잉 생산을 조장하는 소비주의인데 자본주의 사회 구조상 답이 없어 보였다. '이대로는 대멸종인데.' 당장의 고민은 화장실에 있던 바디 클렌저였다. 각질 제거용 알갱이도 플라스틱이 원료였다. 바디 클렌저가 이 모든 문제의 상징처럼 보였다. 쓸 수도 없고 버릴 수도 없었다. 어느 쪽이든 종착지는 쓰레기 섬일 테니까. 생산된 오염은 사라지지 않는다. 매일 아침 욕실 선반에 놓인 바디 클렌저를 볼 때마다 괴로웠다.

지구 멸망의 두려움에 떨고 있던 나에게 친구가 말했다. "지구는 괜찮아. 인류만 멸망할 거니까. 그러니까 공부하자." 친구의 말을 듣고 일순간 공포가 사라졌다. 그랬다. 반복된 대멸종 후에도 지구는 늘 멀쩡했다. 그러니까 인류가 멸종하는 문제이지 지구의 문제는 아니었다. 현실은 이슬람의 현자 나스레딘 호자의 상황 같았다. 나스레딘이 항해 중에 폭풍우를 만났다. 배에 물이 들이차자 선원이나 승객 할 것 없이 바가지를 가져와 물을 퍼내기 시작했다. 그때 하늘을 유심히 바라보던 나스레딘이 반대로 바닷물을 배 안으로 퍼넣기 시작했다. 놀란 선장이 이유를 물었다. 나스레딘이 대답했다. "어머니가 말씀하셨습니다. 언제나 강자의 편에 서라고요."

집에 가서 샤워실 배수구에 거의 새것과 다름없던 바디 클렌저 한 통을 쭉 짜서 버렸다. 오렌지색 알갱이가 섞인 푸른색 거품이 수챗구멍으로 내려가는 모습을 보면서 생각했다. '침몰이 대세라면 받아들이는 수밖에. 인류의 멸종행에 동참한다. 자본주의 만세.'

그 후로 나는 환경 운동에 관해 냉소적인 사람이 되었다. 말라 죽어가는 북극곰의 사진으로 지구 온난화의 경종을 울리려는 환경 캠페인을 보면 한숨이 나왔다. '이타적으로 북극곰 구하자고 외칠 때가 아닌데.' 아이가 말했다. "엄마, 거북이 코에 빨대가 꽂혀서 아프대. 이제 빨대는 안 쓸래." 학교에서 플라스틱 쓰레기 문제에 관해 배우고 온 모양이다. "그래, 좋은 생각이야. 쓰지 말자"라고 대답하지만 '공연한 소동이군. 해양 쓰레기의 주범은 폐 그물인데'라고 생각한다. 장바구니를 챙겨 다니지만 플라스틱 통에 담긴 과일이나 샴푸, 비닐 포장된 과자나 라면, 캔 음료를 구매한다. 텀블러를 사용하지만 집에 굴러다니는 텀블러가 수십 개다. 패션계에 에코 열풍으로 그린 룩이 유행한다. 잡지에

서 초록색 옷, 초록색 보석, 초록색 구두 사진을 소개한다. 실소가 난다. 초록색 페인트를 칠해서 녹화 산업을 하겠다는 격이다. 환경을 위한 비건 가죽, 에코백, 친환경 포장이 과연 환경을 위한 것인지 의심스럽다. '안 만들고 안 사는 것이 환경 보호인데.' 아이를 키우면서 사용하는 플라스틱은 상상을 초월한다. 잠깐 쓰고 버려지는 크고 작고 무용한 플라스틱 장난감을 보면 우울하다. 플라스틱 포장 안에 플라스틱 장난감이 든 킨더조이를 보고 생각한다. '답이 없네.'

'답이 없다.' 최근 아동 학대 문제를 검토하다 생각했다. 왜 사회에 이런 끔찍함이 반복될까. 그 순간 환경 문제에 관한 나의 냉소가 잘못되었다는 것을 깨달았다. 나는 환경 문제 외에는 전혀 냉소적이지 않았다. '앞으로도 계속해서 아동 학대가 발생할 텐데 포기하자'라고 생각하지 않았다. 왜 환경 문제에만 유독 냉소적이었을까? 극복하기 불가능한 거대한 문제라서? 그렇다고 생각했는데 그렇지 않았다. 빈곤, 범죄, 전쟁, 인종 차별, 혐오 등 인류사에 반복되며 해결되지 않는 문제는 너무 많다. 그런데도 나는 그런 문제에 관해서는 냉소적이지 않았다. 냉소적일 필요가 없었기 때문이다. 환경 문제에 냉소한 이유는 바로 내가 가해자였기 때문이다. 소비적인 삶을 지속하고 싶어서, 골치 아픈 생각을 피하고 싶어서, 한마디로 이대로 편하게 살고 싶어서 냉소를 택했다.

환경 문제를 바라보는 관점 중 무엇보다 개선되어야 할 점은 인간과 자연을 분리해서 보는 시각이다. 아이가 초등학교에 입학했을 때 이름 스티커를 선물 받았다. 신이 난 아이가 집 안 곳곳에 스티커를 붙였다. "이제 이거 내 거야! 이것도 내 거야!" 나는 인공이라는 단어가 아이가 집 안에 붙인 이름 스티커 같다고 생각했다. 우리가 만든 문명 전체가 자연에서 유래했다. 무엇보다 우리 자체가 자연에 속한다. 환경 문제 해결은 말라가는 북극곰을 구하기 위한 것이 아니라 우리 자신을 구하기 위한 것이다. 환경 문제를 감정 문제나 윤리 문제라고 착각하는 사람들은 '식물도 고통을 느낄걸?'이라던지 '인간은 원래 고기를 먹게 만들어졌어'라며 채식주의자를 비아냥댄다. 살아가는 일 자체가 다른 생명에게 '가해'가 된다고는 생각하지 않는다. 우리는 생명의 순환 가운데에 있다. 육식 동물이든 초식 동물이든 각자의 방식으로 살아간다. 다만 현재의 인간이 지속적인 생존이 가능한가를 진지하게 고려해야 한다. 환경 문제는 우리가 사용할 수 있는 자원 문제이고 경제 문제다.

'답이 없다.' 변호사 일을 하면 세상의 부정적인 면을

많이 본다. 괴담보다 기괴한 것이 현실이다. 답이 없고 고쳐지지 않는 이 오염된 세상에서 내일은 나아지리라는 희망을 품어도 될까? 인간이 변할 수 있을까? 잘 모르겠다. 우리는 이미 불가역 멸종의 도상에 있을지도 모른다. 인류가 대오각성을 해서 모든 문제를 해결했다고 하더라도 그다음 날 다시 유카탄반도에 소행성이 떨어져 빙하기가 오거나 지구가 폭발할지도 모른다. 하지만 죽음을 앞두고도 오늘을 살 듯 답이 없는 현실에서도 노력해야 한다고 생각한다.

'답이 없다.' 나는 여전히 멸종의 공포를 안고 산다. 하지만 냉소는 나빴다.

예전 시터 이모는 꼼꼼했다. 집안일을 하는 손놀림을 보면 야무졌다. 청소도 설거지도 빈틈이 없었다. 반면 나는 살림에 소질이 없다. 손이 잉성한지 수시로 물을 쏟고 물건을 흘린다. 책상 정리 상태도 엉망인데 솔직히 정리할 의지도 없다. 바닥에 떨어진 먼지가 나의 눈에만 보이지 않는다. 그나마 요리를 잘하는데 뒷정리를 잘하지 못한다. 시터 이모는 내가 한 집안일을 영 못마땅해했다. 나의 설거지, 청소, 육아에 트집을 잡고 훈수를 두었다. 맞는 말이지만 기분이 썩 좋지는 않았다. 특히 노골적으로 비난한 분야는 빨래 널기였다. 시터 이모는 월요일에 출근하면 빨래부터 정리했다. 건조대 위의 빨래를 보면 내가 널었는지 남편이 널었는지를 단박에 맞혔다. 나의 작품은 누추하게 서로 어긋나 있어서 시터 이모의 눈에 차지 않았다.

"영이 엄마는 빨래는 엉망으로 널면서 어떻게 공부는 잘하나 몰라."

시터 이모는 내가 빨래를 널 때마다 입을 댔다. 나의 못난 점을 발견해서 신이 난 사람 같았다.

"공부도 별로 못해요. 하하하."

나는 속 좋게 웃었지만 잦은 비난에 오기가 생겼다. 까짓것 빨래 너는 것이 무슨 대수라고! 남편과 시터 이모가 빨래 너는 모습을 골똘히 관찰했다. 나도 저렇게 했는데. 털고 널고, 털고 널고. 하지만 빨래를 다 널고 한 발 떨어져 건조대를 바라보면 나의 작품은 전혀 아름답지 않았다. 반면 시터 이모가 건조대 위에 배열해둔 빨래를 보면 하나하나 가지런할 뿐만 아니라 전체적으로도 조화로웠다.

'나의 패배. 저것은 재능이다.' 깨끗이 승복하고 곰곰이 생각해보니 시터 이모의 마음이 이해되었다. 이 세상이 거대한 세탁실이라면 시터 이모는 당당히 지배자가 되었을 것이다. 시터 이모의 영역에서 나는 확실히 무능하다. 하지만 사회는 나의 재능에 더 후하게 값을 쳐준다. 흔히 노동에 관한 보상이 재능과 노력과 고통에 비례한다고 생각한다. 내가 변호사 자격증을 따기 위해 시간과 비용과 노력을 투자했으니, 내가 열심히 일하니 시터 이모보다 더 후한 보수를 받는 것이 공정하다고 여긴다. 하지만 노동의 가격도 여느 물건의 가격과 마찬가지로 수요와 공급으로 결정한다. 공급을 위해 내가 겪는 괴로움과 노력이 얼마나 크든 간에 수요와 만나는 우연한 지점에서 가치가 결정된다. 내가 하는 일이 시터 이모의 일보다 더 힘들고 괴롭고 내가 시터 이모보다 더 열심히 일한다고 단언할 수는 없다. 솔직히 말해서 나는 변호사 업무보다 육아와 집안일이 어렵고 힘들다.

한승태 작가는 《인간의 조건》을 쓰기 위해 직접 꽃게잡이, 편의점과 주유소, 돼지 농장, 비닐하우스, 자동차 부품 공장에서 일하며 '숙소는 어느 정도 크기인지, 여름에는 얼마나 덥고 겨울에는 얼마나 추운지, 사람들은 어떤 배경을 가지고 있으며, 꿈은 무엇인지, 식사로는 어떤 음식이 나오고 급여는 어느 정도인지, 작업은 어떤 과정을 거치며 도구는 어떤 것을 사용하는지'를 기록했다. 작가의 절묘한 글솜씨로 담담히 읽을 수 있지만 소외된 분야에서 일하는 사람의 고통은 처절하기 그지없다. 타인의 고통에 대한 대가를 물건 값처럼 무심히 정해도 될까? 위험하고 더럽고 어려운 일의 고통을 노력이 부족해서 겪는 고통으로 치부해도 될까? 그러니까 공부를 열심히 했어야지, 똑똑하게 살아야지,

열심히 살았어야지, 부끄러움도 없이 말한다.

서울로 이사를 오면서 새로운 시터 이모를 고용했다. 지금 시터 이모는 솔직히 말하자면 집안일에 나만큼 재능이 없다. 설거지 후에는 항상 고춧가루가 남아 있었다. 연세가 많으시니 어쩔 수 없지 싶어 새 식기 세척기를 구매했다. 빨래도 엉성하게 널었다. 요리는 처참했다. 그래도 급여는 예전 시터 이모와 같다. 정당하게 대접받지 못하는 재능이란 이런 것이다. 실제로 당신의 재능이 어떻든 노력이 어떻든 간에 사회는 평가조차 하지 않으려 한다. 그리고 당신이 얻는 이득 때문에 그것이 공정하다고 눈을 감는 것이다.

가끔 이유 없이 우울할 때가 있다. B 사감처럼 외로운 것이 아니라 브람스처럼 고독한 느낌이랄까. 가만히 길을 걷다가도 머릿속으로 온갖 생각이 든다. 며칠 전부터 출근길 가로수가 울긋불긋해지기 시작했다. 단풍의 계절이다. 우중충한 서초동도 가을에는 노랗고 빨갛다. 가을은 대용량 쓰레기봉지의 계절이기도 하다. 단풍 든 나무의 밑동마다 낙엽이 가득한 쓰레기봉투가 놓여 있다. 봉지가 터질 정도로 눌러 담은 낙엽을 보면 어쩐지 야속하다. 가지에 매달려 있을 때는 예쁜 잎사귀였는데 바닥에 떨어지자마자 쓰레기 취급이다. 나도 그 신세가 될지 모른다. 안간힘으로 매달려 있지만 떨어지자마자 쓰레기봉투에 꽉꽉 눌러 담기는 신세.

친구가 얼마 전 모임에서 찍은 단체 사진을 카카오톡 메시지로 보내주었다. 내가 아는 나는 이런 모습이 아니다. 남이 찍어준 나는 낯설다. 낯선 것은 당연하다. 한 번도 나를 직접 본 적이 없으니까. 인간의 눈은 자신이 아니라 남을 향해 있다. 나르시스가 연못에 비친 자기 모습에 반한 이야기가 떠오른다. 자신과 사랑에 빠진 사람도 부담스러운데 자신의 허상과 사랑에 빠지다니 한심하기 그지없다. 만일 이마에 초롱아귀의 촉수처럼 생긴 제3의 눈이 돋아난다면 어떨까? 항상 나를 지켜보는 눈이라니 끔찍하다. 그렇게까지

나를 명징하게 알고 싶지는 않다. 나를 알아보는 것은 MBTI 테스트로 족하다.

온 세상 사람들이 나를 사랑해주면 좋겠다. 동시에 아무도 나를 아는 척하지 말았으면 좋겠다. 혼자 있고 싶어져 너절한 변명을 대고 점심 약속을 취소했다. 사무실에 처박혀 사흘이나 냉장고에 박혀 있던 시들시들한 샐러드를 퍼먹는다. 쓸쓸하다. 내가 정확히 무엇을 하고 싶은지, 무엇을 원하는지 모르겠다. 아! 갑자기 가지고 싶은 것이 생각났다. 〈은하수를 여행하는 히치하이커를 위한 안내서〉에 나오는, 머리를 집어넣으면 먹고 싶은 음식을 알아내서 만들어주는 기계가 가지고 싶다. 물론 약간의 개조가 필요하다. 나의 기계는 욕망을 위한 것이다. 기계에 머리를 넣으면 나도 몰랐던 욕망을 알아내 실현해준다. 물론 이런 식은 곤란하다. 기계가 말한다. "삑! 당신의 진정한 욕구는 세상에서 소멸하는 것입니다! 지금 당신을 제거하겠습니다! 삑!" 기계에 머리를 넣은 내가 소리친다. "아니, 잠깐만, 잠깐만. 로봇 1원칙! 로봇 1원칙! 로봇은 인간에게 해를 입혀서는 안 된다!"

퇴근길 꽉 막힌 올림픽대로가 답답하다. '아, 날고 싶다.' 차 문을 열고 도로에 선 다음, 도움닫기 한 번으로 날아오른다. 하지만 이카로스처럼 방만하게 비행하다가는 태양에

닿기 훨씬 전에 산소 부족이나 저체온 또는 기압 차이로 인한 죽음을 맞게 될 것이다. 계속해서 차가 막힌다. 거의 눈먼 두더지가 기어가는 수준이다. 아, 이대로 땅으로 꺼지고 싶다. 차로 땅속을 통과하고 싶다. 이상한 나라의 앨리스는 땅속에서 추락했다. 앨리스가 지구의 핵을 통과할 때 중력의 방향이 바뀌었다. 그러니까 떨어지다가 솟아올랐다. 전혀 이치에 맞지 않은 이야기다. 내핵의 온도가 5000도를 넘는 점을 고려하면 앨리스는 흔적도 없이 녹아버렸을 것이다.

아이를 재우면서 신석기 시대에 관한 만화책을 읽어주었다. 빗살무늬 토기만 보면 인간이 어리석어 보인다. 바닥이 뾰족한 토기는 흙바닥이나 아궁이에 꽂지 않으면 제대로 세울 수 없다. 바닥이 평평한 토기를 만드는 데 수천 년이

걸렸다. 빈곤과 전쟁, 차별 등 우리의 오래된 고민도 어쩌면 우리가 빗살무늬 토기처럼 해결하지 못하고 있는 것은 아닐까. 바보처럼 그릇의 바닥은 뾰족해야 하니까 흔들리는 것이 정상이라고 고집하는 것이다. 멍청하게 바닥을 내리쳐 평평하게 할 생각은 못 하고.

우울한 날에 종일 투덜댄다. 역시 사람은 잠을 푹 자야 한다.

선진국에서는

2000년에 출시된 자일리톨 껌은 껌을 씹어 충치를 예방한다는 콘셉트로 소비자의 마음을 사로잡았다. 기존 껌과의 차별화 성공은 광고의 덕이 컸다. "휘바! 휘바! 핀란드인들은 자기 전에 자일리톨 껌을 씹습니다." 자일리톨 껌의 핀란드 마케팅은 롯데리아로 가서는 이렇게 바뀌었다. "핀란드인의 주식은 호밀빵입니다. 호밀빵 새우버거 출시!" 호밀빵 새우버거도 꽤 인기를 끌었다. 핀란드 마케팅은 부적합한 권위에 호소하는 오류의 일례다. '핀란드인이 자기 전에 껌을 씹으면 나도 씹어야 하고 핀란드인이 호밀빵을 먹으면 나도 먹어야 하나? 핀란드인이 뭔데?' 하지만 논증의 오류가 의도적으로 쓰이는 이유가 있다. 자일리톨이나 호밀의 유익함을 장황하게 설명하는 것보다 '유럽'에 있는 핀란드인이 자일리톨 껌을 씹고 호밀빵을 먹는다는 사실이 사람들을 쉽게 설득하기 때문이다. 사회 문제마다 등장하는 자아비판 치트키 "선진국에서는…"의 연장선상이다.

초등학교 때 가족 여행으로 파리에 갔었다(아빠 친구들 가족과 함께 간 유럽 4개국 단체 관광이었다). 당시 프랑스 문화에 관한 나의 지식은 《먼나라 이웃나라》에서 읽은 내용이 전부였다. 책에 따르면 파리에 사는 사람들은 특별히 파리지앵이라고 하며 베레모를 쓰고 밥을 몇 시간 동안이나 먹는다고 했다. 첫날 센강에서 야간 유람선 투어를 했는데 열 시간이 훌쩍 넘게 비행기를 탄 후 차가운 강바람까지 맞아서인지 꼬박꼬박 졸기 시작했다. "이게 돈이 얼마인데!" 하면서 엄마가 등짝을 내리쳤다. 김우중의 세계 경영이 유행하던 시절이었고 엄마, 아빠가 거금을 써서 유럽에 온 목적은 자식이 넓은 세상을 보고 야망을 키우기를 바라서였다.

하지만 아는 만큼 보이는 법! 안타깝게도 무식한 초등학생이었던 나의 교육적 효율은 지극히 낮았다. 에펠탑이나 〈모나리자〉를 실제로 보아서 신기했지만 고작 '와, 책에서 본 것과 똑같네. 신기하다'에 그쳤다. 그보다 기억에 남는 것은 프렝탕 백화점에서 먹은 라즈베리 소르베였다. 아이스크림이 이렇게 충격적으로 아름다울 수 있다니! 어찌 되었든 여행 내내 내가 품었던 의문은 '도대체 파리지앵이란 누구인가?'였다. 지나다니며 사람들을 유심히 관찰해보았는데 《먼나라 이웃나라》에서 본 파리지앵 같은 파리지앵은 아무도 없었다. 외형상 비슷한 사람은 얼굴에 하얗게 분칠하고 가로 줄무늬의 옷을 입은 거리의 행위 예술가였다. 그 사람은 파리지앵답게 베레모를 썼다. 내가 보기에는 파리에 사는 사람들도 우리 동네에 사는 사람처럼 다종다양했다. 잘 차려입은 멋쟁이도 있었지만 노숙자와 소매치기도 많았다.

여행 중 파리에 10년 넘게 체류 중인 아빠 친구의 친구를 만났다. 아저씨는 파리에서 택시 운전사를 했는데 대화 중 은근히 《나는 파리의 택시 운전사》 이야기를 꺼냈다. 내가 생각하기에 홍세화는 홍세화였고 아저씨는 아저씨였다. 파리에서 택시 운전사를 한 공통점은 있지만 파리에서 택시 운전사를 했다고 아저씨가 특별해 보이지는 않았다. 아저씨는 계속 파리지앵으로서 여러 잘난 척을 했는데 《먼나라 이웃나라》를 열심히 읽은 초등학생 이상의 수준은 아니라는 느낌이 들었다. '음, 파리에 산다고 내가 특별해지지는 않는구나. 내가 누구냐가 중요하네.'

문화 예술에 대한 이해가 그때보다 조금은 높아진 지금도 생각은 비슷하다. 어떤 국가와 사회, 집단에 속하는지

보다 그 사람이 어떤 사람인지가 중요하다. 그래서 논쟁의 상황에서 누군가 "선진국에서는…"이라는 말을 꺼내면 반감이 든다.

일전에 SNS에 '노 키즈 존'이라는 단어의 문제점에 관해 글을 썼을 때도 이런 반응이 많았다. "미국이나 유럽과 같은 선진국에서는 부모가 아이들을 제대로 훈육한다. 한국 부모들은 아이들을 방치해서 문제다." 이 무슨 근거 없는 열등감에 성급한 일반화란 말인가. 이런 논리는 논쟁의 우월적 고지를 차지하려는 시도다. 자신이 선진국의 대표인 양 고압적인 시선에서 상대방을 가르치려 든다. 그런데 선진국과 다르다는 이유로 우리가 후진할까. 선진국 부모와 한국 부모의 비교 샘플은 누구인가. 미국과 유럽 사람도 한국 사람처럼 스펙트럼이 넓다. 물론 국가마다 전통과 문화가 있겠지만 모든 문제에서 우리가 따라야 할 이상적인 선진국은 허상의 유토피아에 가깝다. 어느 사회에나 문제는 있다. 우리에게 필요한 마음은 막연한 열등감이 아니라 문제에 관한 관심과 해결 의지다. 열등감으로 해결되는 문제는 없다.

욕망의 한계

대학교 때 공부도 잘하고 예쁘기도 해서 내심 부러워하던 후배가 나에게 조심스럽게 이상한 질문을 했다.

"언니, 남자친구한테 명품 가방을 선물로 받으려면 어떻게 해야 하나요?"

"뭐? 어… 글쎄? 음… 사고 싶으면 네 돈으로 사야 하지 않을까?"

나는 너무나 당황해서 횡설수설하며 얼버무렸다. 후배의 말을 듣고 두 가지가 궁금했다. 하나, 왜 그렇게까지 가방을 가지고 싶을까? 둘, 왜 나한테 그런 질문을 했을까? 나에게는 명품 가방을 사준 남자친구도 없었을뿐더러 명품 가방도 없는데. 후배가 더 이상 멋져 보이지 않았다. '쟤는 자존심도 없나.' 솔직히 조금 한심하게 여겼다.

나는 스스로 물욕이 없는 편이라고 생각했다. 비싼 가방을 사 모으지도 않고, 일할 때 외에는 다 늘어난 티셔츠를 입고 다닌다. 돈을 들여 무언가를 수집해본 적도 없다. 그렇다고 합리적인 소비자라는 뜻은 아니다. 다 못 먹고 썩혀버린 채소, 한정판이라기에 괜히 사본 립스틱, 사놓고 읽지 않은 책이 잔뜩이다. 싼 옷을 비싼 옷만큼 자주 많이 산다. 나는 '그래도 멍청해서 그런 것일 뿐 허영심 때문은 아니야'라며 나를 비교적 청빈한 사람으로 생각했다.

하지만 최근 공예박물관에 가서 그것이 큰 착각임을 깨달았다. 조선 후기 작품인 빨간 자개장이 너무나 마음에 들었다. '와, 가지고 싶다.' 물욕이 솟아났다. 자연스럽게 그동안 내가 가지고 싶었던 물건을 쭉 떠올려보았다. 고등학교 때 터키 유물전에서 본 천장 장식용 은장식, 《백과사전》에서 본 투탕카멘의 청록색 스카라브 반지, 신문 기사에서 본 나폴레옹과 조세핀의 약혼반지, 역사책에서 본 로마노프 왕조의 파베르제의 보석 달걀…? 이럴 수가. 나는 물욕이 없는 사람이 아니라 물욕이 엄청난데 돈이 없는 사람에 불과했다. 차라리 가방을 사 모으는 사람이 알뜰하다. 타인의 욕망에 관해 함부로 재단할 일이 아니었다. 무언가를 욕망하는 이유는 그것을 가지기가 어렵기 때문이다. 욕망에는 필연적으로 허영심이 따른다. 후배나 나나 물건을 욕망하는 면에서 다를 바가 없다. 우리에게는 똑같은 허영심이 있다.

얼마 전 인스타그램에서 한 투자 권유 계정으로부터 스팸 메시지를 반복적으로 받았다. 궁금해서 계정에 찾아가 보았는데 피드에 수입차, 명품 가방, 쇼핑백 사진이 가득했다. 자세히 살펴보니 안정적인 고수익을 보장한다고 투자금을 모집한 후 잠적하는 전형적인 사기 계정이었다(참고로, 재택 부업으로 댓글 아르바이트나 홈쇼핑 구매 대행을 홍보하는 계정도 사기

계정이다). 피드에 가득한 에르메스 쇼핑백을 보고 이것이 사회가 생각하는 평균적인 욕망의 수준인가 하는 생각이 들었다. SNS에서는 돈을 버는 방법에 관해서는 너무나 많은 이야기가 넘쳐난다. 청년들에게 '갓생'을 종용하며 강박적으로 성공을 강요한다. 하지만 돈을 벌어서 할 수 있는 것에 관해서는 다들 너무나 똑같은 이야기만 한다. 좋은 집, 좋은 차, 좋은 옷. 사기꾼이든 강도든 똑같다. 남의 돈과 남의 생명으로 좋은 집, 좋은 차, 좋은 옷이나 산다.

무엇을 욕망하며 살아야 할까. 사실 잘 모르겠다. 모두 실속을 차리고 낭비하지 않고 분수를 알아야만 바람직한가? 미래를 위해 절약을 하는 사람도 있지만 욜로(YOLO)를 추구하며 쓰는 사람도 있다. 허영을 경계하고 절약하라는 격언을 듣고 자랐지만 욕망을 억누르다가 마음이 병드는 사람도 많다. 인간은 욕망하며 발전한다. 욕망에는 필연적으로 허영심이 따르지만 마침내 욕망을 달성하면 꿈을 이루었다고도 한다. 나의 욕심은 꿈으로 포장하면서 타인의 욕망은 허영으로 몰아서는 안 된다. 인류가 가지기 힘든 것을 욕망했기에 혁명이 일어났고 예술이 발전했다. 모두 각자의 욕망을 위해 달려가고 있고, 가야만 한다. 하지만 우리의 욕망이 고작 좋은 집, 좋은 차, 좋은 옷에만 국한해 있다면 너무나 빈곤하고 획일적이다.

인스타그램에서 보이는 모든 욕망이 실현된 미래를 상상해보았다. 찰칵, 모두가 포르셰를 타고, 에르메스 가방을 들고, 롤렉스를 차고, 돔 페리뇽으로 건배하며, 그리고 영원히 행복하게 살았습니다. 아, 시시하다.

천벌은 없다

어릴 때 악당이 천벌 받는 이야기를 읽으면 마음이 불편했다. 신은 혹은 하늘은 다종다양한 이유로 다종다양하게 벌을 내렸다. 불효자라서, 욕심쟁이라서, 누군가를 살해해서, 문란한 성생활을 해서, 사회 전체가 타락해서 불벼락을 맞고, 물벼락을 맞고, 역병에 걸리고, 소금 기둥이 되었다. 치과 대기실에서 읽은 어린이용 《탈무드》 속 요나 이야기는 매우 충격적이었다(초등학교 때 읽은 내용이라 내용이 다소 부정확할지도 모르겠다).

니느웨로 가서 신의 말을 전하라는 명령을 따르기 싫었던 요나는 배를 타고 먼 곳으로 달아났다. 구약의 신은 한낱 인간의 반항을 묵과할 분이 아니었고, 곧바로 요나가 탄 배에 폭풍을 내린다. 배에 탄 사람들이 신에게 따져 물었다.

"말 안 듣는 요나 한 명만 죽일 것이지 왜 우리를 전부 죽이려고 하시나요?"

신이 대답했다.

"개미가 네 다리를 물었다면 어떻게 하겠느냐? 그 개미가 아니라 무리를 전부 밟아 죽이지 않느냐?"

그 말을 들은 사람들은 신에게 수긍했다.

"아니, 잠깐만요, 여러분. 거기서 수긍하시면 안 되지요! 부당하다고요! 부당해요! 그리고 개미도 함부로 밟아 죽

이면 안 된다고요.”

책을 읽던 나는 배에 탄 사람들에게 이렇게 외치고 싶었다(지금 생각해보니 연좌제에 관한 우화 같기도 하다).

우리는 이유가 없는 것에서 이유를 찾고 싶어 한다. 납득할 수 없는 불행은 불안하고 두렵기 때문이다. 그래서 우리는 천재지변을 천벌로 해석했다. 천벌은 하늘이 내리는 '벌'인데 형벌과 마찬가지로 응보의 개념이 숨어 있다. 동서고금의 수많은 천벌 이야기가 은유하는 바는 두 가지다. 하나, 규율을 위반하면 벌을 받는다. 둘, 무고한 사람은 벌을 받지 않는다. 이 두 가지 은유로 천벌 이야기는 사람들에게 겁을 주어 사회 규율을 강화하고(따르지 않으면 벼락을 맞을 것이다) 사회 불안을 감소시킨다(나는 규율에 복종하니 벼락을 맞지 않을 것이다). 천벌 시스템이 잘 작동하기 위해서는 벌을 받는 사람이 악당이어야 한다. 그래야 규칙을 잘 따르는 선량한 우리가 천벌을 받을 불안에 시달리지 않을 수 있다. 불안한 마음의 안녕을 위해 죽어도 싼 놈들을 제물로 삼는다.

천재지변이나 사고는 하늘이 내리는 벌이 아니다. 선량한 피해자든, 악한 피해자든 불운할 뿐이다. 하지만 불행한 사고가 하늘의 분노가 아님을 누구나 알고 있는 요즘에도 피해자에게서 사고의 원인을 찾는다. 2022년 10월 29일

이태원에서 발생한 참사 뉴스에 달린 댓글이 전형적이다. 뉴스마다 "죽어도 싸다"라는 식의 댓글이 수두룩하다. 타인의 불행을 당연시하는 모습이 충격적이다.

피해자를 비난하는 댓글을 분류하면 크게 세 가지다. '남의 나라 명절을 따르다 죽었다' '놀다가 죽었다' '무용한 죽음이다'. 이런 댓글에 관해 개인적인 의견을 말해본다. 고개를 들어 주위를 둘러보면 당신은 이미 전통에서 먼 삶을 살고 있다. 아마도 스마트폰으로 뉴스를 보면서 댓글을 달았을 것이다. 무선 통신은 전통과 전혀 무관한 '맥스웰의 방정식'부터 시작되었다. 인간의 삶은 용도와 목적이 정해져 있지 않다. 그렇게 보는 사람들이 있지만 그런 시각을 우리는 '비인간화'라고 하고 지양하라고 교육받았다. 일하다 사

고를 당하면 더 유용한 죽음인가? 산업 재해 사망 유가족에게 "당신의 자녀는 유용하게 죽었습니다"라고 위로의 말을 건넨다고 상상해보자. 십중팔구 멱살잡이를 당할 것이다.

타인의 고통에 관해 무신경한 댓글을 보면 화가 난다. 안락한 방 안에서 죽은 아이들을 탓한다고 해서 당신이 누리는 무사한 삶이라는 행운이 정당화되지 않는다. 하지만 진심으로 무신경한 당신에게도 행운이 깃들기를 바란다. 당신이 계속해서 무사하기를 바란다. 국가는 그렇게 일해야 한다. 당신이 선하든 악하든 무신경하든 국가는 국민의 안전을 도모해야 한다. 달아나던 연쇄 살인범이 교통사고로 사망하더라도 국가는 사고의 책임을 물어야 하고 예방법을 세워야 한다. 복수는 신의 것이 아니다. 사고를 예방하고 피해를 복구하고 재발을 방지하기 위해서는 천벌과 안녕이 필요하다. 사고 후 우리가 비난하고 주목하고 감시를 계속할 대상은 피해자가 아니라 국가와 사회 시스템이다.

요 몇 년간 혼자 궁금해하던 현상이 있다. 바로 정치면에서 사죄 기자 회견이 사라지는 현상이다(최근 사죄 기자 회견은 연예인들만 하고 있다). 분명 몇 년 전까지만 해도 정치 이슈가 생기면 사죄 기자 회견부터 시작되었다. 정치인들은 일단 사죄했다. 아직 의혹만 제기되었을 뿐인데도 반성의 삼보일배를 했다. 눈물을 흘리며 자아비판도 했다. 딸에게 할 사과를 기자들 앞에서 했다. 지나친 사죄로 진정성을 의심받는 일도 많았다. 반면 요즘은 실체 관계가 어느 정도 증명되고 심지어 법원에서 유죄 판결을 받아도 사죄하지 않는 것이 문화로 자리 잡은 느낌이다. 아무도 잘못을 인정하지 않는다. 뉴스 댓글도 마찬가지다. 지지하는 정치인이 유죄 판결을 받더라도 비난하지 않는다. 불법에 평등을 주장한다. 더 나쁜 놈들이 많은데 왜 우리 편만 처벌하느냐고. 하지만 불법에 평등은 없다는 것은 형사법의 기본 원칙 중 하나다. 미제 사건으로 끝나는 살인 사건도 있지만 범인이 잡히면 처벌받아야 한다. 처벌받지 않은 다른 범죄가 있다고 해서 나도 평등하게 처벌하지 말라고 주장할 수 없다. 내가 불법 행위를 했기 때문에 절대적으로 벌을 받는 것이기 때문이다. 다른 나쁜 놈들이 있든 없든 나의 잘못은 사라지지 않는다.

물론 이런 태도는 최근의 문제만은 아니다. 누구에

게나 내로남불의 마음은 있다. 대단한 인격자가 아니고서야 대부분 자신에게 더욱 관대하다(정신 건강을 위해 어느 정도 필요한 일이기도 하다). 잘못을 인정하기 싫은 마음도 당연하다. 나보다 나쁜 놈들도 많은데 왜 나만 하면서 억울해할 수도 있다. 변명에 급급하고 자기 성찰이 부족한 사람이야 어느 시대, 어느 사회에나 있다. 과거에 사죄 기자 회견을 하던 정치인들도 속으로는 내로남불의 마음을 품고 있었을 것이다. 그런데도 예전에는 내로남불의 마음을 숨기고 사죄했다. 내로남불의 태도는 유권자들에게 지탄받았기 때문이다(애초에 내로남불이라는 표현 자체가 정치권에서 상대방을 비난하기 위해 사용되며 유행하기 시작했다). 다시 말해 예전에는 내로남불은 부끄러워할 일이었다. 그런데 이제는 내로남불이 먹히는 전략이 되었다. 사회가 예전보다 윤리를 중시하는데도 그렇다.

정치인이 더 이상 사죄하지 않는 이유는 사람들이 이제는 잘못을 잊지도 않고 용서하지도 않아서다. 뉴스가 전산화되면서 시간이 흐르는 의미가 사라졌다. 도서관에서 보존 필름을 확인하며 조사해야 할 기사도 이제는 클릭 몇 번이면 간단히 찾아볼 수 있다. 과거와 현재는 동일선상에 존재하며 한번 잘못한 사람은 영원히 그 짐을 지고 살아야 한다. 왜곡된 정치적 올바름으로 이제는 완벽하지 않은 사람

은 용납되지 않는다. 정치인에 대한 지지도 마찬가지다. 지지자들은 불완전한 사람이 아니라 완벽한 이데아로서 정치인을 바라본다. 흠 없고 완벽한 그 사람만이 사회의 정의와 발전을 가져올 수 있다고 여긴다. 그의 적은 불의이고 그에 대한 어떠한 공격도 용납할 수 없다. 그러므로 완벽한 이데아는 결코 자기 입으로 잘못을 인정하거나 사죄해서는 안 된다. 사죄하는 순간 완결성이 깨지고 존재 가치가 사라지기 때문이다. 유죄 증거가 확실함에도 끝까지 무죄 주장을 고수하는 성범죄자의 심리도 이와 비슷하다. 유죄를 인정하고 피해자와 합의하면 형량에 훨씬 유리하지만 자기 입으로 유죄를 인정하는 순간 가족과 연인에게 버림받는다. 그렇기에 감옥에서도 끝까지 억울하다고 부르짖는다. 잘못을 인정하고 반성하는 범인보다 억울한 옥살이를 당하는 범인이 되는 것이 장기적 생존에 유리하다. 억울한 정치적 희생자가 되어야 이데아로 남을 수 있다.

현실의 인간은 완벽하지 않다. 누구도 예외가 없다. 모든 인간은 부족하다. 인간은 갈등하고, 잘못을 저지르고, 반성하고, 그렇기에 발전한다. 우리 자신은 시시하고 우리의 적도 그렇게 나쁘지 않다. 하지만 이 모든 진실에도 불구하고 이제는 반성하지 않아야 살아남는다. 누가 이 이상한 세상을 만들었을까? 반성하지 않는 사람일까, 용서하지 않는 사람일까?

노 키즈 존의 어른들

엄마가 되기 전에는 아이들에게 관심이 없었다. 그래도 길에서 유모차에 탄 아기와 눈이 마주치면 절로 미소가 떠올랐다. 작고 연약한, 귀엽고도 무해한 존재들! 하지만 출산과 함께 새로운 세상이 열렸다. 아기는 독재자다. 원하는 것을 얻을 때까지 우는데 도대체 이유를 알 수가 없다. 아무리 순한 아이라도 부모를 못살게 군다. 이제는 길에서 갓난아이를 보면 옆에 있는 엄마나 아빠에게 시선이 간다. 눈 밑이 퀭하고 봉두난발이다. '아이고, 힘들 때지. 파이팅!!' 모르는 부모를 속으로 응원한다.

아기 티를 벗고 아이가 되면 또 다른 고난이 시작된다. 혼자 밥만 먹어도 수월할 줄 알았는데 육아는 늘 새로운 도전이다. 가르쳐야 할 일도 많고 참고 기다려야 할 일도 많다. 아이는 본질적으로 인내심이 부족하고 집중력도 떨어진다. 아기들과 아이들이 얼마나 힘든 존재인지는 직접 키워 보아야 알 수 있다. 그래서 부모는 아동 제한 구역이라는 뜻의 '노 키즈 존(no kids zone)'에 기가 죽는다. 훈육에 아무리 신경 써도 모든 아이는 필연적으로 부족함을 누구보다도 잘 알고 있기 때문이다. 그리고 사회가 아이를, 특히 아이를 데리고 다니는 엄마를 어떤 시선으로 보는지 알고 있기 때문이다. 그래서 도리어 자신이 '맘충'이 아니라는 사실을 입증하기 위해 적극적으로 노 키즈 존에 찬성하기도 한다. 차별이 원래 그렇다. 차별받는 사람을 움츠리게 한다. 차별은 개인성을 빼앗는다. 개인의 일탈은 집단의 타락으로 간주한다. 혐오 집단에 속한 개인은 저항하기보다는 나는 혐오스럽지 않은 존재임을 입증하려고 노력하게 된다.

10년 전에 나도 그런 경험을 했다. 육아 일기를 쓰던 블로그에 노 키즈 존이라는 용어의 부적절함에 관해 썼다가 "역시 맘충"이라는 댓글을 받았다. 순간적으로 그 사람에게 내가 왜 맘충이 아닌지를 설명하고 싶은 강렬한 충동을 느꼈다. 명예를 회복하고 싶었다. 맘충이 아니라는 것을 입증해야 나의 말에 정당성이 생길 것 같았다. 내가 맘충이든 아니든 결론에 영향이 없는데도 그랬다. 10년 전에 한 이야기를 다시 반복하자면 노 키즈 존이라는 단어 자체는 사용해서는 안 되는 차별 용어다. 원래 표지판의 'no'는 부정적인 행위를 금지하는 단어다. 'no'가 붙은 사인을 검색해보면 담배 금지(no smoking), 사유지 침범 금지(no trespassing), 배회 금지(no loitering), 호객 행위 금지(no soliciting), 마약 금지(no drug) 등이 있다. 노 키즈라는 단어는 아이를 사람이 아니라 흡연, 사유지 침범, 배회, 호객 행위, 마약과 같이 부정적인 존재로 취급한다.

무신경하게도 우리는 아이들이 볼 수 있는 길거리에 버젓이 노 키즈 존이라는 팻말을 붙여둔다. 가게에 들어가고 말고의 문제가 아니다. 아이들이 갈 수 없는 장소는 많다. 공연장도 대체로 만 여덟 살이 되어야 들어갈 수 있고 영화관에도 나이 제한이 있다. 하지만 공공장소에서 노골적인 배제 표시를 하는 일은 다른 문제다.

단어의 부적절을 차치하고 노 키즈 존 허용 여부에 관해서도 고민할 점은 많다. 노 키즈 존 옹호는 검증되지 않은 경험에 기반한다. 카페에서 기저귀를 가는 엄마, 무리한 서비스를 요구하는 엄마 등의 이야기는 인터넷에 차고 넘친다. 하지만 노 키즈 존을 제도로 도입하기 위해서는 다른 제도들과 마찬가지로 통계를 살펴보아야 한다. 아이 동반 손

님 중 진상 비율이 일반에 비해 높을까? 유독 아이를 배제하려는 이유는 무엇일까?

결정적인 이유는 아이가 업주에게 돈이 되지 않기 때문이다. 아이는 어른과 똑같이 의자를 차지한다. 적게 먹고 오래 먹는다. 성인 손님을 받지 않으면 영업을 할 수 없지만 아이 손님은 받지 않는 것이 이득이다. 이득이 되지 않으니 출입시키고 싶지 않은 손님으로 여기는 점이 바로 아동 혐오의 본질 아닐까? 성인 고객이 난동을 부려도 노 어덜트 존을 만들 고민은 하지 못하지만 아이가 진상을 부리면 노 키즈 존을 만들고 싶어진다.

아이는 미숙하고 성가시다. 아이의 본질이 그렇다. 하지만 미숙한 어른과 마찬가지로 아이들도 이 사회의 구성원으로 받아들여져야 한다. 사회는 아이에게 성장할 시간과 공간을 내어주어야 한다. 이 세상의 나쁜 놈들은 예외 없이 어른이다. 카페 밖에서는 그렇다. 그런데도 사회는 고양이에게 베푸는 온정만큼도 아이에게 베풀지 않으려고 한다. "모든 것이 개념 없는 애새끼들과 개념 없는 맘충 탓이다." 속으로 계산기를 두드리면서 혐오로 포장하고 부끄러움을 느끼지도 않는다. 이것이 노 키즈 존의 고상한 어른들의 모습이다.

모르는 단어를 찾아서

아이가 한글을 읽으면서 동화책 읽어주기에서 해방되었으나 바야흐로 대질문의 시대가 시작되었다. 초등학교 저학년은 모르는 단어가 너무 많다. 책 읽는 아이 옆에서 일하고 있자면 조금 과장해서 5초당 하나씩 질문을 받는다. "엄마, 엄호가 뭐지?" "음모는?" "역모는?" "미안한데 모의하다가 뭐야? 회의 같은 건가?"

귀찮음에서 해방되고자 《국어사전》을 사주었는데 찾을 생각을 전혀 하지 않았다. '나를 챗GPT로 사용하는군.' 가끔은 운이 좋게도 내가 정의를 외우고 있는 단어를 물을 때도 있다.

"엄마, 양심이 뭐지?"

"헌법 재판소의 정의에 따르면 어떤 일의 옳고 그름을 판단하는 데 있어서 그렇게 하지 않으면 자신의 인격적 존재 가치가 허물어지고 말 것이라는 강력하고 진지한 마음의 소리지."

하지만 아이의 질문은 당연히 여기서 끝나지 않는다.

"음… 인격적 존재 가치가 뭔데?"

"자기 자신이 어떤 사람인지 스스로 마음에 정해둔 거야. 예를 들면 나는 무기로 남을 해치지 않는 사람이라고 결정하는 거지."

"그러면 양심은 약속을 지키는 거야?"

"그렇게도 볼 수 있겠다. 무슨 일이 있어도 스스로 지키기로 한 약속인 셈이니까."

잘 안다고 생각했던 단어도 설명하기가 쉽지 않다.

"엄마, 민사 사건이랑 형사 사건이랑 뭐가 달라?"

"반 친구 중에 흥부와 놀부가 있다고 쳐. 흥부가 놀부한테 1000원을 빌렸는데 안 갚았어. 그래서 놀부가 흥부를 한 대 때렸어."

"친구 때리면 안 되는데?"

"당연히 안 되지. 그런데 그랬다고 쳐. 이야기를 들어보고 선생님이 흥부에게 놀부 돈 1000원을 갚으라고 하셨어. 그게 민사 사건이야. 흥부가 놀부와 한 약속을 안 지켰잖아. 그래서 그 약속을 강제로 지키게 하는 거야. 그리고 선생님이 친구를 때린 놀부에게 반성문을 쓰고 사과하라고 하셨어. 그게 형사 사건이야. 놀부의 잘못에 관해서 선생님이 벌을 주시는 거지."

"선생님이 판사야?"

"그렇지. 민사 사건에서는 흥부와 놀부가 당사자이고 선생님이 공정한 심판 역할이야. 형사 사건에서는 선생님이 국가로부터 형벌권을 부여받아 놀부에게 행사하는 것

이고. 그런데 왜 갑자기 민사와 형사가 궁금해?"

"엄마가 전화할 때 주워들었어."

말조심해야지. 밤말도 아이가 듣고, 낮말도 아이가 듣는다.

내가 좋아하는 SF 작가인 테드 창의 《네 인생의 이야기》에서 언어학자인 주인공은 헵타포드라는 외계인으로부터 그들의 언어를 배운다. 모든 시간이 동시에 존재하는 헵타포드의 언어를 통해 주인공은 과거와 현재, 미래를 동시적으로 이해하게 된다. 언어를 통해 주인공의 인지 방식이 변화했다. 물론 소설적 상상일 뿐이고 인간의 인지 범주가 그들이 말하는 언어에 의해 결정된다는 사피어-워프 가설이 전적으로 옳다고 보기도 어렵다. 하지만 아이가 단어를 익

히는 과정을 지켜보면서 언어를 통해 사고 외연이 확장되는 측면이 있다는 생각이 들었다.

얼마 전 명예 훼손 사건을 맡게 되어서 피해자를 대리해 대학교 인터넷 게시판에 글을 썼다. "피해자분이 후의를 베푸셔서 고소 전에 합의할 기회를 드리게 되었다"라는 문장이 문제였다. 누군가 "저 변호사는 호의라고 쓰면 되는데 후의라는 어려운 단어를 써가며 잘난 척을 한다"라고 댓글을 달았다. 변호사가 피해자를 대리하면서 잘난 척을 할 이유가 전혀 없기도 하거니와 모르는 단어를 대하는 대학생의 태도가 적대적이어서 놀랐다. '호의와 후의는 유의어이지만 뉘앙스가 다른데.'

초등학생이 아닌 나도 모르는 단어는 늘 있다. 모르는 단어를 보면 사전을 찾는다. 나의 무지를 확인하고 새로운 단어를 익히는 일은 즐겁다. 그래서 댓글 쓴 대학생의 분노가 안타까웠다. 내가 모르는 단어를 쓰는 사람을 잘난 척하는 사람으로 치부하면 자신을 개선할 기회를 잃는다. "그딴 거 몰라도 사는 데 지장 없다." 어느 정도는 맞는 말이다. 하지만 쓸모없는 것들이 우리의 삶을 풍요롭게 한다. 단어를 많이 알면 나의 생각과 감정을 풍성하고 정교하게 표현할 수 있다. 비단 단어에 국한된 문제는 아니다. 모든 사람은 자신의 무지가 있다. 무지 덕에 더 많은 가능성이, 탐험할 수 있는 삶이 나의 앞에 넓게 펼쳐져 열려 있다. 자신을 닫힌 방에 가두어두어서는 안 된다. 무지는 당신의 삶을 메마르게 한다. 그래서 오늘도 나는 기꺼이 모르는 단어를 찾는다.

축지법과 비행술

지금은 사라졌으나 예전에 합정역을 지나갈 때마다 눈길을 끄는 간판이 있었다. '축지법과 비행술!' 간판에 설명하는 다른 문구가 없어서 무엇을 하는 곳인지 가늠할 수 없었다. 나중에 인터넷으로 검색해보니 그곳은 어느 클래식 기타리스트가 운영하는 신비주의 학원이었다. 축지법과 비행술 교육뿐만 아니라 조금 뜬금없지만 부부 상담도 했다. 축지법과 비행술은 낯선 개념이 아니다. 무협지 주인공은 1000리를 몇 시간 만에 주파하고 구름을 타고 하늘을 난다. 야사에 따르면 사명대사도 축지법을 사용해 왜군을 무찔렀다고 한다. 김일성과 김정일은 정치적 선전에 축지법을 이용했다. "수령님 쓰시던 축지법, 오늘은 장군님 쓰신다"라는 가사의 가곡을 만들어 불렀다(2020년에 김정은이 현실에 축지법은 없다고 선포해서 선전 방향을 바꾸었다). 사이비 종교 교주도 축지법과 비행술은 자주 들먹인다. 아사하라 쇼코는 공중 부양을 한다고 주장했고 허경영도 축지법을 한다고 주장한다.

기적의 증거를 남기기 편리한 요즘에도(스마트폰으로 녹화만 하면 된다) 아무런 근거 없이 이적을 일으켰다는 사람이 있고, 또 그 말을 맹목적으로 믿는 사람이 있다. 그래도 대부분의 우리는 축지법과 비행술을 한다는 사람을 만나면 비웃으며 이렇게 말할 것이다. "증거 대봐." 증거를 내놓지 못하

면 사기꾼이라고 생각한다. 저런 황당한 이야기에 넘어가는 사람이 있다니 믿을 수 없다. 하지만 이성적인 우리도 자주 신비로움에 매혹된다. 세계에서 가장 많이 팔린 단행본인 《성경》과 가장 많이 팔린 시리즈인 《해리 포터》에도 신비함은 가득하다. 〈마블 유니버스〉에는 노르드 신화의 토르부터 매드 타이탄 출신 타노스까지(외계인이지만 그리스 신화의 작명법을 따른 점이 재미있다) 온갖 신비로운 존재가 총출동한다. 나의 친구는 〈마블 유니버스〉에서 아이언맨을 제일 좋아하는데, 이유가 아이언맨이 제일 현실적이어서다. "허구 속에서도 한 조각의 이성은 간직하고 싶다고나 할까." 이야기를 듣고 웃음이 터졌다.

사실 '축지법과 비행술' 간판을 보았을 때 그 클래식

기타리스트가 진짜 축지법과 비행술을 쓸 수 있는지는 별로 궁금하지 않았다(만일 정말로 축지법과 비행술이 가능하다면 '어떻게 가능한지'는 과학적으로 밝히면 될 일이다. 신비로움은 대개 미지로, 지금 설명하지 못하더라도 언젠간 설명할 수 있다). 그보다는 KTX와 비행기가 있는데 '왜' 우리가 힘들여 축지법과 비행술을 배워야 하는지가 궁금했다. 기적이 일어나면 우리는 그 신비로움에 탄복한 나머지 기적이 일어난 일 이상을 생각하지 못한다. 기적 자체가 목적이 된다. 하지만 기적이 고작 '그런 일이 가능하다'에 그친다면 무슨 의미일까. 과거에는 불가능한 기적이었던 일 대부분이 오늘날 과학 기술로 인해 가능의 영역으로 들어왔다. 하늘을 날 수 있을 뿐 아니라 달 표면도 걸을 수 있다.

어릴 때 《성경》을 읽으면서 신비로움을 느낀 부분은 물 위를 걷는 기적도, 오병이어의 기적도 아니었다. 예수님은 어떻게 인권의 개념도 없던 계급 사회에서 "이웃을 사랑하라"라는 혁명적인 생각을 떠올렸을까? 《구약 성경》의 변덕스럽고 불공평하고 선민사상에 찌들었던 신은 어떻게 갑자기 《신약 성경》의 신으로 진보했을까? 나는 예수님이 죽음 가운데서 부활하는 신의 아들인 점보다는 인류가 예수님을 통해 사고의 도약을 해냈다는 점이 신비로웠다.

에드워드 윌슨은 《지구의 정복자》에서 이렇게 썼다. "우리는 석기인의 감정과 중세인의 제도와 신과 같은 기술을 가지고 스타워즈 문명을 건설했다." 우리는 신과 같은 기술을 가졌다. 기술은 우리가 상상으로 여겼던 기적을 현실화했고, 현실화할 것이다. 수많은 기적이 현실이 되었음에도 우리는 여전히 많은 감정적·제도적 문제를 안고 산다. 이웃을 혐오하고, 아이들이 굶어 죽고, 평화는 임하지 않았다. 땅을 접고 하늘을 나는 일보다는 우리가 더 나은 우리로 진보하는 일이 기적이다. 세상이 이렇게도 변했는데 인간은 참 신비롭게도 변하지 않는다.

4부

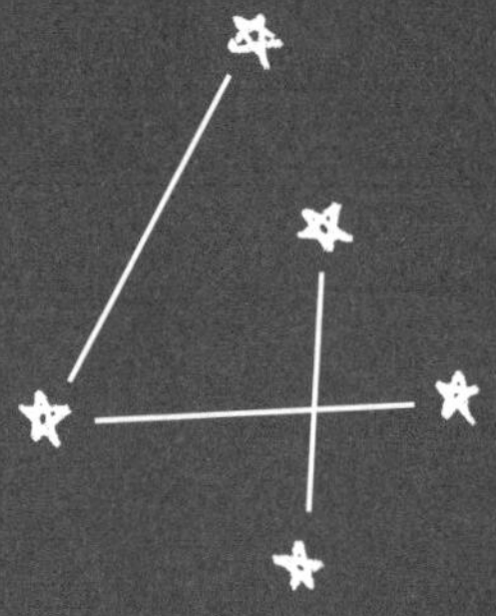

깻잎은 마음대로

고려대의 교육 이념은 '자유, 정의, 진리'다. 대학교 때 정문 앞을 지나가다가 친구가 뜬금없는 질문을 했다. "자유, 정의, 진리 중 너한테는 무엇이 제일 중요해?" 그때 나의 대답은 진리였다(그렇게 대답했던 이유는 빨간 약을 먹어야 매트릭스에서 벗어나듯 진리를 모르면 자유나 정의도 착각에 불과하다는 생각이 들어서였다). 재미있는 질문 같아서 그 후에 다른 친구들에게도 물어보았는데 자유라고 답하는 경우가 대부분이었다. 친구들의 대답을 듣고 생각했다. '다들 스스로 자유롭지 못하다고 느끼나 보네.' 모두 고시생이었을 때였으니 그럴 만했다.

아빠가 자주 하는 말이 있다. "일은 세 가지로 분류해라. 꼭 해야만 하는 일, 꼭 해야 하지는 않지만 가급적 하면 좋은 일, 마음대로 해도 되는 일. 해야 하는 일은 싫어도 반드시 해야 한다." 나는 무언가 하기 싫어지면 반사적으로 아빠의 말이 떠오른다. 저 말의 방점은 가운데에 있다. 반드시 해야 할 일이 아니더라도 되도록 하라는 것이다. 결론은 이렇다. '그래, 한다, 해!' 법과 사회 관습도 이와 비슷하다. 법은 지키지 않으면 형벌을 받는다. 관습을 어기면 처벌받지는 않지만 사회적으로 비난받는다. 법은 꼭 지켜야 하고 관습은 가급적 지켜야 한다.

자유는 누구에게나 보장된 권리인데도 주위를 둘러

보면 자기 마음대로 사는 사람은 아무도 없다. 수험으로, 취업으로, 회사로, 육아로 우리는 역할에 묶이고, 의무를 다하고, 맡은 바 소임(바로 나다!)을 다해야 한다. 법을 지키고, 관습을 지키고, 해야 할 일을 하고, 하면 좋은 일도 한다. 그래서 마음속으로 일탈을 꿈꾼다. 잃어버린 자유를 찾고 싶어 한다. 여행 유튜브에 열광하고 조기 은퇴 계획을 세운다. 나의 은밀한 욕망은 아무도 나를 모르는 대도시에서 혼자 사는 것이다. 그렇지만 욕망을 억누르고 책임을 다하려고 애쓰고 산다. 현실을 벗어나는 데는 용기가 필요하지만 현실을 살아가는 데도 부단한 다짐과 노력이 필요하다. 나는 고단함을 견디는 평범한 삶이 훌륭하다고 생각한다. 우리의 고단한 인내가 이 사회를 지탱하고 있다.

견디는 삶에서 그나마 내가 가진 작은 자유는 그래서 더욱 소중하다. 마음대로 해도 되는 일은 확실히 마음대로 할 수 있어야 한다. 깻잎 논쟁이 유행했을 때 마음이 불편했다. 개인의 자유를 축소하는 논쟁이라고 생각했기 때문이다. 깻잎 논쟁의 화두는 다음과 같다. "같이 식사하는데 친구가 여러 겹의 깻잎에서 한 장만 떼지 못하고 낑낑대자 나의 애인이 친구의 깻잎을 잡아주었다. 화낼 일이냐 아니냐." 한 가지 질문 같지만 뜯어보면 두 가지를 묻는다. 하나는 나의

애인이 친구의 깻잎을 잡아주어도 되느냐이고 다른 하나는 내가 화를 내도 되느냐다. 애인의 행동은 통제하고 나의 행동은 검열한다.

합의된 결론에 이르기 위한 토론과 달리 논쟁은 상대방을 논리적으로 이기기 위해 한다. 쇼펜하우어도 《논쟁적 변증술》에서 "변증술은 인정하건대 객관적인 진리가 아니라 단순히 이기는 것을 최종 목표로 삼아야 한다"라고 하면서 논쟁에서 이기기 위한 38가지 요령을 제시한다(요령이라기보다는 술수에 가깝다. 예컨대 요령 32번은 "상대방의 주장을 혐오스러운 범주에 집어넣어라"이고 요령 38번은 "상대방을 이길 수 없으면 인신공격을 가하라"다). 논쟁은 '나의 의견이 옳다'뿐 아니라 '너의 의견은 틀렸다'를 인정받고자 하는 마음으로 한다. 그리고 그 속

에는 틀린 너의 의견을, 틀린 너를 파괴하고자 하는 욕망이 숨어 있다. 재미로 하는 시시한 논쟁을 너무 진지하게 받아들이는 것 아니냐고 반문할 수도 있지만 오히려 깻잎 논쟁이 너무 시시한 것이라 우려스럽다. 시시하고 자기 멋대로 해도 되는 일로 논쟁하다 보면 시시한 일에도 정답이 있다고 생각하게 된다.

심지어 깻잎을 떼어주는 일에도 정답을 만든다. 그리고 나와 다른 생각을 하는 사람은 틀렸다고 낙인을 찍게 된다. 깻잎 논쟁의 결과 극단적으로 이런 법을 만들었다고 하자. "애인 앞에서 다른 사람의 깻잎을 떼어주면 500만 원 이하의 벌금에 처한다. 다만 애인의 사전 허락을 받은 경우는 제외한다." 어처구니가 없다. 하지만 우리가 하는 논쟁이 이런 수준이다. 인터넷의 영향으로 이제는 모두의 삶이 쉽게 공론화된다. 우리는 습관적으로 타인의 삶에 관해 답을 내린다. 하지만 누구나 자신이 원하는 대로 삶을 자유롭게 꾸려나갈 수 있어야 한다. 나에게도 너에게도 자유롭게 생각하고 자유롭게 행동할 권리가 있다. 답이 없는 문제에는 답을 내려서는 안 된다. 사소한 것에서라도 자유로워야 한다.

나는 도인에게 자주 잡혔다. 그들은 좀처럼 눈에 띄지 않다가 공기 중에서 저절로 합성되는 존재처럼 스르르 나타나서 갑자기 길을 막는다. 대개 이렇게 말을 건다. “저희는 도를 공부하는 학생인데요, 기가 참 맑으시네요.” “죄송하지만 제가 지금 바빠서요.” 시선을 피하고 걸음을 재촉한다. 그런데 자꾸 잡히다 보니 그들이 어떤 도를 공부하는지 궁금했다. 하지만 궁금하다고 무작정 낯선 사람을 섣불리 따라갈 수도 없는 법. 도인은 두 명씩 짝을 이루어 다녔기 때문에 만일의 상황에 닥치면 싸워서 이기기도 힘들어 보였다. 그러던 어느 날, 호기심을 채울 기회가 찾아왔다. 그날 나를 잡은 도인들은 유난히 힘이 없어 보였다. 마침 중간고사도 끝나서 시간도 많았다. “그러면 커피 한잔하실까요?”라고 물었더니 도인은 커피 대신 햄버거를 사달라고 했다.

대로변 버거킹에서 도인 둘과 마주 보고 앉았다. 허기가 졌는지 와퍼 세트를 게 눈 감추듯 해치웠다. 그다음에 들은 이야기는 친구들에게 들은 대로였다. 조상들이 기운이 아주 좋다. 좋은 기운이 뿌리 밑에서 올라오고 있는데 나쁜 조상이 나무 중간에서 딱 길을 막고 있다. 가만히 두면 너뿐 아니라 집안 전체에 안 좋은 일이 생기니 제사를 지내서 길을 터야 한다. 제사를 지내면 사업도 잘되고 가정에도 평화

가 온다. 이런 말도 덧붙였다. “가끔 어깨 아프시지요? 그게 나쁜 조상이 소임 씨 어깨에 앉아 있어서 그래요.” 귀신이 어깨에 올라앉았다니 조금 무서웠다.

한편으로는 ‘좋은 조상들이 많다면서 한심하게 나쁜 조상 한 명을 못 막아주냐’ 하는 원망도 들었다. 어찌 되었든 제사를 지낼 의향은 전혀 없었기 때문에 그동안 궁금했던 질문을 했다. “그런데 무슨 도를 공부하시나요?” 도인은 의외라는 표정을 지었지만 자신이 공부하는 도에 관해 장황한 설명을 시작했다. 요약하자면 이렇다. 현재는 우주의 가을이다. 자신들은 지금 선녀가 되기 위해 공부하고 있다. 곧 후천개벽이 와서 자신들의 종교 지도자를 믿는 사람은 신선, 선녀가 되어 하늘로 올라가고 땅에 남은 사람은 죽기 때문이다. 지구의 계절도 아니고 우주의 계절이라니, 참 스케일이 크고 비과학적인 이야기였다. 이야기 중간중간 궁금한 점이 많았지만 말이 길어질 것 같아 도인에게 한 가지만 더 물었다. “후천개벽이 올 텐데 지금 제가 제사를 지내서 성공할 필요가 있을까요?” 내가 제사를 지낼 생각이 없다는 것이 확실해지자 도인들은 화를 내며 가버렸다. 집으로 걸어가는데 쓸쓸한 기분이 들었다. 남루한 행색으로 햄버거를 허겁지겁 먹던 도인의 모습이 자꾸 떠올랐다. 남에게 제대로 설

명하지도 못하는 이야기에 인생을 바치다니, 차라리 믿지 않고 나에게 사기를 치려는 사람들이면 좋겠다는 생각이 들었다.

누구나 잘못된 믿음을 가질 수 있다. 우리는 제대로 이해하지 못한 현실을 나름의 논리로 이해하려고 한다. 달 착륙 음모론을 예로 들어보자. 성조기가 흔들리는 장면을 보고 의심을 시작한다. '달에 대기가 없는데 왜 깃발이 흔들리지?' 달에서 찍은 하늘에 별이 보이지 않는다. 그러고 보면 착륙과 이륙의 사진을 어떻게 찍은 것일까. 생각할수록 말이 되지 않는다. '아하! 달 착륙은 조작되었구나.' 그리고 비슷한 음모론을 가진 사람들의 의견을 듣고 서로 확신을 강화한다. 음모론은 복잡하고 언뜻 과학적으로 보이며 꽤 흥

미롭다. 하지만 하나하나 따져보면 중첩적인 무지와 몰이해의 결과일 뿐이다(개인적으로 냉전 시기에 소련이 미국의 달 착륙을 공식적으로 인정한 사실만으로도 검증이 끝났다고 생각한다).

맹신이 재미있는 이야기 정도에 그치면 다행이겠지만 현실의 맹신은 그렇지 않다. 가끔 뉴스를 보면 어떻게 저런 것을 믿을까 의문이 든다. 진돗개를 숭배하다니! 그 믿음이 너무나 순박하고 황당해서 조금은 재미있게 느껴질 정도다. 하지만 그들이 믿음으로 벌이는 일은 순박함이나 재미와는 거리가 멀다. 가까이 다가가 맹신의 얼굴을 보면 눈동자는 공허하고 미소는 으스스하도록 사악하다. 어떤 황량한 마음을 가진 사람이길래 진돗개가 짖었다는 이유로 아이를 살해했을까.

맹신과 관련해서 내가 분노하고 주시하는 사건이 있다. 바로 '안아키 한의사 사건'이다. 문제의 한의사는 자연 치유를 내세워 엄마들에게 백신 접종 거부, 수두 파티(수두 걸린 아이와 함께 파티를 열어 면역력을 키울 수 있다는 정신 나간 주장이다), 화상 온수 치료법 등을 설파했다. 피해 아이들의 사진을 보니 기가 막혔다. 스스로 '안아키스트'라고 칭하는 수많은 엄마가 한의사의 망상을 추종해서 화상 입은 아이를 뜨거운 물에 목욕시키고 숯을 먹이는 등 이해할 수 없는 일을 벌였다. 그 한의사는 식품 위생법 위반(먹을 수 없는 활성탄을 식용 약용탄으로 속여 팔았다)과 약사법 위반(무허가 소화제를 제조·판매했다)으로 징역 2년 6월에 집행 유예 3년, 벌금 3000만 원의 형을 받았다. 사회에 미친 악영향에 비해 지나치게 가벼운 처벌이지만 그 이상으로 현행법상 처벌할 방법이 없었다.

최근 문제의 한의사가 집행 유예 기간이 끝나자마자 면허 재교부 심사를 신청했다는 소식을 들었다. 다행히도 보건 복지부에서 최종 탈락을 결정했다. 하지만 지금도 안아키 카페에서는 한의사와 안아키스트들이 왕성히 활동하고 있다. 숯이 그렇게 신비로운 효능이 있다면 왜 돈에 미쳐 전 세계인에게 불필요한 백신을 맞혀대는 거대 제약 회사가 숯으로 약을 만들지 않을까? 예방 접종으로 신생아 사망률이 떨어진 사실은 통계상 명백하다. 그런데도 그들은 단순한 진실을 외면한다. 어쩌면 단순한 진실은 진실이 아니라고 생각할지도 모른다.

슬픈 일이지만 제도적으로 맹신을 막을 뾰족한 방법은 없다. 결국은 스스로 자신을 지켜야 한다. 나의 요령은 이렇다. 사람을 믿지 않고 사실을 본다. 전문가의 말을 듣는다. 무엇보다 언제나 나도 틀릴 수 있다는 사실을 명심한다.

무서운 프로크루스테스

그리스 신화의 재미는 경계 없음이다. 신과 인간의 경계가 없다. 인간 같은 신과 신 같은 인간이 뒤섞여 살면서 신은 인간을 속이고 인간은 신에게 도전한다. 선과 악의 경계도 모호하다. 그리스 신화의 괴물은 영웅으로부터 물리쳐져야 하는 존재이면서 자신만의 전사(前史)가 있다. 예를 들면 미노타우로스는 이렇다. 미노스는 포세이돈의 도움을 받아 크레타의 왕이 된다. 포세이돈은 미노스가 자신에게 제물로 바치도록 '하얀 소'를 만들어주기까지 했는데 미노스의 아내인 파시파에가 그 소를 마음에 들어해서 제물로 바치지 말자고 남편을 설득한다. 이에 미노스는 병든 소를 포세이돈에게 바치고, 분노한 포세이돈은 파시파에가 하얀 소를 사랑하도록 저주를 내린다. 파시파에는 하얀 소와 수간(獸姦) 끝에 소의 머리에 인간의 몸을 한 괴물 미노타우로스를 낳는다. 미노스는 미궁에 미노타우로스를 가두고 아테네의 소년과 소녀를 먹이로 던져준다.

미노타우로스의 서사를 읽다 보면 누가 악한지 헷갈린다. 분별력 없는 미노스? 욕심 많은 파시파에? 속 좁은 포세이돈? 어찌 되었든 두 사람과 한 신의 인간적인 잘못이 뒤섞여 미노타우로스가 태어났다. 그렇다면 미노타우로스가 악한가? 미노타우로스는 괴물로 태어났기에 미로에 갇혀

생존을 위해 식인한다(소의 모습을 하고 육식하는 모습이 의아하다). 아테네 아이들의 죽음에 관해서는 법적 책임이 분명하다. 미노타우로스는 선악 판단을 할 수 없기에 책임 능력이 없다. 따라서 죽을 줄 알면서도 소년과 소녀를 미궁으로 밀어 넣은 미노스가 살인의 간접정범으로 유죄이고 미노타우로스는 도구로 무죄다. 따라서 미노스가 악인이다(미노스가 사람이라는 것을 전제로 한 판단이다).

그리스 신화의 괴물들은 대체로 억울한 존재다. 그들은 불운하게 괴물이 되거나 괴물로 태어나서 자신의 존재에 충실하게 살다가 갑자기 영웅에게 살해당한다. 결과적으로 괴물들은 오로지 영웅의 과업이 되기 위해 존재한다(미노타우로스만 보아도 미노스는 미궁에서 미노타우로스를 굶겨 죽일 수도 있었

지만 마치 적시에 테세우스의 과업으로 살려둔 것처럼 수십 년간 아테네의 아이들을 먹이로 던져준다). 나는 어릴 때 겁이 많았지만 그리스 신화의 괴물과 악당은 하나도 무섭지 않았다. 딱 한 명, 프로크루스테스만 빼고.

프로크루스테스는 아테네 외곽에 오두막을 짓고 사는 강도였다. 나그네가 지나가면 대접하는 척 쇠침대에 눕게 했는데 침대보다 키가 큰 사람은 잘라서, 작은 사람은 늘려서 죽였다(오늘날의 관점에서는 연쇄 살인범이다). 어릴 때 프로크루스테스 부분을 읽으면서 그가 키 작은 나를 찢어 죽이는 모습을 상상하며 공포에 떨었다. 프로크루스테스는 선과 악이 불분명한 그리스 신화의 세계에서 생뚱맞은 존재다. 그는 신의 저주가 아니라 자유 의지로 스스로 선택해 악행을 저지른다. 현실에 있을 법한 악인이라 더욱 무서웠다. 그래서 테세우스가 프로크루스테스를 죽였을 때 진심으로 안도했다.

오늘날 '프로크루스테스의 침대'는 '자기 생각에 맞추어 남의 생각을 뜯어고치려는 행위, 남에게 해를 끼치면서까지 자신의 주장을 굽히지 않는 횡포'라는 표현으로 사용된다. 우리는 왜 남의 생각을 뜯어고치고 싶어 할까? 만일 개인의 의견이 무가치하다면, 이를테면 왕이나 신의 의견만 중요하다면 중요하지도 않은 남의 생각을 뜯어고칠 필요성은 줄어든다. 하지만 민주주의에서는 타인의 의견도 나의 의견만큼 중요하다. 다수결로 의견을 결정하는 경우 나의 의견을 관철하기 위해서는 남의 의견을 바꾸어야 한다. 신화의 세계에서 갑자기 등장한 이 현실적인 캐릭터가 하필이면 민주주의의 고향이라고 불리는 아테네에 살고 있었던 점이 재미있다.

현실에서 남을 뜯어고치려는 프로크루스테스형 인간은 차고 넘친다. 답을 낼 필요가 없는 상황에서도 자기 생각만이 정답이라고 생각한다. 가끔 그런 사람을 만나면 왜 그렇게 남의 생각에 집착하고 고치려고 들려는지 궁금하다. 어쩌면 정답이라고 우기지만 자기 생각에 확신이 없어서가 아닐까. 너무 자신이 없어서 남의 인정을 받아야만 자기 확신을 유지할 수 있는 것이다. 자신의 인생을 다수결로 결정하려 한다. 프로크루스테스는 침대에 꼭 맞는 테세우스에게 죽임을 당한다. 프로크루스테스는 침대보다 키가 컸기 때문에 테세우스가 그의 머리와 다리를 잘랐다. 은유적으로 보면 프로크루스테스는 자신의 의견에 살해당한 셈이다. 정작 그 자신이 자신과 의견과 달랐기 때문이다.

멘탈갑 관찰기

최근에 지인이 고민 상담을 해왔다. “마음이 약해서 힘들어. 멘탈갑이 될 방법이 없을까?” ‘멘탈갑’은 멘탈(정신)이 튼튼해서 큰 고난을 겪고도 멘탈 붕괴는커녕 멘탈의 흔들림조차 없는 사람을 일컫는다. 질문을 받고 스스로 돌아보았다. ‘내가 멘탈이 강한가?’ 주변인들로부터 종종 “너는 진짜 멘탈갑이야”라는 평을 듣기는 했다. 우리 남편은 나를 세상 속 편한 인간이라고 말한다(맥락상 칭찬이 아니라 비난이었다). 하지만 엄밀히 말하자면 나는 멘탈갑이라기보다는 회복 탄력성이 좋은 사람이다. 기분에 자주 굴복해서 좌절하고 우울해하지만 한숨 자고 나면 스르르 기분이 풀린다. 친구의 고민을 듣고 이 기회에 나도 멘탈갑이 되면 좋을 것 같아 한동안 멘탈이 강해지는 방법을 고민했다. 대전제로 볼만한 정해진 진리가 없는 분야 같아 일단 귀납법 방식으로 접근해보기로 했다.

평소 멘탈갑이라고 생각했던 주위 사람들을 관찰해보니 몇 가지 공통점이 있었다. 첫 번째, 멘탈갑들에게는 자기 연민이 없었다. 세상은 꽤 불공평하다. 모든 사람이 처한 환경이나 상황, 능력이 다르며 세상은 당신 한 사람이 아니라 전체를 위해 돌아간다. 멘탈갑들은 주어진 조건을 탓하기보다는 불공평을 그대로 받아들이고 극복할 문제로 인식했다. 자기 연민에 에너지를 낭비하지 않고 문제 해결에 에

너지를 쏟는다.

두 번째, 이들은 인생에 정답이 없다고 생각한다. 실패하더라도 언제나 새로운 길이 있다고 생각하며 노력의 본전을 묻지 않고 현실에 자신을 헌신한다. 실패를 포용할 수 있기에 오히려 실패를 두려워하지 않았다.

세 번째, 이들은 남의 평가에 연연하지 않았다. 타인이란 나를 비추는 거울이다. 하지만 거울이라고 해서 언제나 진실한 상(像)을 비추지 않는다. 볼록한 거울, 오목한 거울, 깨진 거울, 뿌연 거울이 있듯 타인의 평가는 왜곡되기 일쑤다. 이들은 타인의 평가를 경청하되 그것만으로 자신을 규정하지 않았다.

네 번째, 이들은 남을 이해하려고 지나치게 애쓰지

않았다. 누군가가 나에게 고통을 주면 우리는 그 이유를 알고 싶어 한다. 하지만 상대방은 대개 무신경할 뿐이거나 이유 없이 악의적으로 행동한다. 멘탈갑들은 상대방보다는 상대방이 나에게 미치는 영향에 신경을 쏟는다. 저 사람이 왜 무례하게 굴까를 고민하기보다는 무례한 상대방에 대한 나의 반응과 상황을 개선할 방법에 관해 고민한다. 즉, 타인보다 자신을 이해하려고 노력한다.

여러 멘탈갑들을 관찰하다 보니 본질적인 의문이 들었다. 우리는 왜 멘탈갑이 되려고 할까? 물론 무작정 멘탈갑이 되고 싶을 수도 있다. 강함은 그 자체로 매력적이다. 그래서 힘을 가졌을 때 고작 마을 사람이나 괴롭혔던 골룸도 목숨을 던져가며 잃어버린 절대 반지를 되찾으려 한다. 멘탈갑이 되라는 사회적 압박도 무시하기 어렵다. 우리 사회는 유독 마음이 약한 사람에게 박정하다. 천연자원이 부족해서 인간을 짜내 성장한 나라답게 우리는 환경이나 조건을 개선하기보다는 우선 개인을 비난한다. 모든 문제는 너의 약해빠진 정신 상태와 게으름 탓이다, 너 같은 사람은 경쟁 사회에서 살아남지 못함이 당연하다, 험한 세상을 살아가려면 그따위 약한 마음은 반드시 고쳐야 한다. 하지만 장 발장이 빵을 훔친 이유를 그의 정신력 탓으로만 돌릴 수는 없는 노

릇이다. 직장 내 괴롭힘을 당하는 사람에게 너의 마음이 약해서 그렇다고 함부로 이야기해서도 안 된다.

우리의 겉모습이 다르듯 우리 마음의 모습도 서로 다르다. 강한 마음으로 해서 적의 목을 치며 돌진하는 장수 같은 사람도 있고 약한 마음으로 세상을 바라보며 천천히 걷는 시인 같은 사람도 있다. 지금 나의 마음은 어떤 모습일까. 어떤 마음을 가지고 싶을까. 모두가 무작정 강하기만 할 필요는 없다. 멘탈이 강해진다고 해서 모든 문제가 마법처럼 해결되지도 않는다. 온갖 상황에서 우리의 마음은 흔들린다. 흔들리는 마음을 비난하기보다는 왜 흔들리는지를 생각해보아야 한다.

시련을 견디어내는 힘을 정신력이라고 보면 멘탈은 목적이 아니라 수단이다. 멘탈도 체력처럼 유한한 자원이라 무작정 멘탈갑을 꿈꾸기보다는 가진 멘탈을 관리해야 한다.

멘탈갑 관찰을 마무리하며 주위 사람들에게 멘탈 관리법을 물어보았다. '고난은 지나간다, 누가 이기나 해보자'라는 마음으로 견디는 사람도 있었고 문제 상황에서 감정적으로 거리 두기를 한다는 사람도 있었다. 나쁜 일은 곱씹지 않고 잊어버리려고 노력한다는 사람도 있었고 햇볕 쬐기나 요구르트 먹기, 독서 같은 소소한 즐거움을 자주 느끼려

고 노력한다는 사람도 있었다. 나의 경우에는 쓸데없이 나를 괴롭히지 않으려고 노력한다. 돌이켜보면 힘들어한다는 이유로 나를 괴롭힐 때가 많았다. 하지만 힘든 일은 응당 힘들게 해야 한다. 무언가를 해내려고 애쓰는 중이라면 필연적으로 외롭고 힘들 수밖에 없다. 그럴 때는 당연히 힘든 거야, 하고 나를 더 자책하지 않는다. 흔들리지 않음보다는 흔들림에도 해냄이 중요하다. 해야 할 일을 견디고 있다면 당신의 멘탈은 충분하다.

결혼을 결정하고 시댁인 밀양에 첫인사를 하러 갔다. 집에서 시부모님께 인사드린 후 밀양시립박물관에 가게 되었다. 첫인사에 박물관이라니 약간 의아했다. 그런데 맙소사, 박물관에 독립운동가셨던 시할아버지의 흉상이 있었다. 1차 충격. 게다가 흉상의 시할아버지와 우리 남편이 똑같이 생겨서 2차 충격이었다. 그 후 남편의 독특한 성정을 발견할 때마다 어쩐지 자꾸 이런 생각이 떠오른다. '흠, 저렇게 고집이 세야 독립운동을 할 수 있겠군.' 조금 마음에 들지 않아도 이렇게 선해한다. '카카오톡 또 읽씹하네. 그래, 아마도 저렇게 입이 무거워야 독립운동을 할 수 있겠지.'

누구나 한 번쯤 스스로 이런 질문을 해보았을 것이다. '만일 내가 일제 강점기에 태어났다면 독립운동을 할 수 있었을까?' 이 질문을 받으면 과연 모진 고문을 견디어낼 수 있을까를 고민하게 되는데(사실 고문받을 상황에 있다는 자체가 이미 독립운동에 뛰어들었다는 뜻이다) 실제로 독립운동가가 되기 위해서는 고문 말고도 수많은 관문을 통과해야 한다.

가령 내가 산골의 소작농이었다고 하자. 인터넷도 없으니 나라를 빼앗겼다는 소식 자체를 한참 후에 듣게 될 것이다. 땅 주인이 양반에서 일본인으로 바뀌었으나 소작료는 크게 변화가 없다(실수확량에 따라 소작료를 책정하는 타조법 논의 경

우 1920년경 50.8퍼센트, 1930년경 52퍼센트의 비율로 소작료가 매겨졌다). 교육을 받은 적도 없고 생활에 변화도 없다면 내가 항일운동의 필요성을 느꼈을까?

만일 내가 신식 교육을 받는 열여섯 살 여학생이라고 하자. 애국심에 불타서 독립운동에 뛰어들었는데 동지들이 하나씩 잡혀들어간다. 고문 끝에 누구는 죽었고 누구는 불구가 되었다는 소식을 들었다. 며칠을 잠을 재우지 않는다더라, 손톱을 뽑는다더라 상상만 해도 끔찍하다. 하굣길에 순사가 어떤 행인을 총으로 쏘는 장면을 목격했다. 귀가 멍한 소음, 바닥에 흥건한 핏자국, 처음 본 사람 시체. 열여섯 살의 나는 두려움을 극복하고 독립운동을 지속할 수 있을까? 만일 내가 일제 강점기가 시작된 후 친일파 집안에서 태어났다고 하자. 그런 환경에서 독립운동가가 될 수 있을까? 아마도 독립운동을 하는 사람들을 시대에 뒤떨어진 테러리스트 정도로 생각했을 것이다.

내가 독립운동가의 엄마라면 마음이 더욱 복잡하다. 안중근 열사의 어머니인 조마리아 여사처럼 사형을 선고받은 아들에게 목숨을 구걸하지 말고 당당히 항소를 포기하라고 할 수 있을까? 내가 죽은 것도 무서운데 생때같은 자식이 죽을 위험을 무릅쓰겠다고 하면 어떻게 해서라도 말리고 싶

지 않을까? "엄마는 나라보다 네 목숨이 귀하다." 애초에 독립운동을 한다고 나설 때부터 만류하지 않았을까?

추상적인 상황에서는 누구나 쉽게 정의를 선택한다. 하지만 현실에서 자신의 신념을 끝까지 관철하기란 무척 어렵다. 생명의 위협이나 경제적 곤궁, 가족의 희생 등 무수한 외부적 장애가 우리의 진로를 방해한다. 두려움, 슬픔, 외로움, 좌절 등 심리적 고난도 겪게 된다. 믿음은 시간이 갈수록 흔들리고 열정은 옅어진다. 적당히 현실과 타협해서 사는 삶이 현명해 보이고, 뜻을 같이한 동료도 점차 사라진다.

사실 애초에 신념을 마음에 품는 일조차 쉽지 않다. 정의는 사후적으로 명확해 보이지만 당시에는 대개 애매모호한 모습을 하고 있다. 현실에 타협하지 않는 사람은 대개

별나고 괴팍하다.

⋆ ⋆ ⋆

이렇게 실제로 독립운동을 하기란 매우 어렵다. 우리는 그 어려움을 추상적이 아니라 구체적으로 이해해야 한다. 그래야만 그 어려움의 가치를 제대로 평가할 수 있기 때문이다. 정의를 쉽게 보는 사람은 불의도 쉽게 본다. 악당 몇 명을 솎아낸다고 사회가 단번에 정의로워질 것이라고 착각한다. 평범한 인간은 나약하고 갈등하며 쉽게 타락한다. 열여섯 살 여학생인 내가 고문 끝에 친구들의 명단을 밀고하고 말았다. 아니, 고문까지 가지도 않고 순사가 윽박지르자마자 밀고했다고 하자. 칭찬할 만한 일은 아니더라도 누구나 그럴 수 있는 일이다. 굉장히 타락한 인간만이 의도적으로 나쁜 짓을 한다고 생각해서는 안 된다. 평범한 사람들이 갈등 끝에 불의를 저지른다. 그럭저럭 정의로운 사회도 수많은 갈등을 극복해야 가능하다. 평범한 사람들이 가능한 정의를 선택해야 그럭저럭 정의로운 사회라도 유지될 수 있다. 그러기 위해서 정의를 제대로 보상하고 교육하고 불의에 책임을 묻고 예방해야 한다.

밤에 글을 쓸 때마다 남편은 응원은커녕 타박하기 일쑤다. “아이고, 쓸데없는 짓이네. 아침에 피곤하다고 징징 대지 말고 잠이나 자라.” 분노하지 않을 수 없으나 한편으로 생각한다. ‘잊지 말자. 이 남자는 독립운동가의 손자이시다.’ 어려운 정의 실현에 관해 존중하고 보상해야 한다는 나만의 마음이다. 그러면 조금은 화가 가라앉는다.

영원히 계속되어야 할 이야기

어릴 때 우리 집에는 책이 많았다. 고상하고 학구적인 분위기는 전혀 아니었고(가족들끼리 모여서 만화책을 많이 읽었다), 단지 삼촌 둘과 아빠가 각자 취향대로 마구 책을 사 모았기 때문이다. 법대생이었던 막내 삼촌은 방학 때마다 다 읽은 책을 집으로 가져왔다. 영국사, 미국사, 베트남사 등 각국의 역사서와 《백년 동안의 고독》《참을 수 없는 존재의 가벼움》《이방인》 같은 소설책, 《범죄와 형벌》 같은 법학 고전, 쇼펜하우어나 칸트의 철학책 등 유익한 책이 많았다. 그중 내가 자주 훔쳐보았던 책은 《사형 백과》였다. 각국의 사형 제도에 관한 책이었는데 삽화와 사진이 아주 흥미진진했다. 교수형을 당한 후에도 몇 초간 의식이 남아 있는 머리 사진을 보면서 '와, 진짜 신기하네' 하고 감탄했다.

큰삼촌은 주로 무협지와 무술 교본 같은 책을 모았다. 몇 권쯤 읽어보았지만 그쪽은 나의 관심 분야는 아니었다. 책장의 지분은 아빠가 제일 컸다. 아빠는 지금의 나처럼 읽지 않더라도 많이 샀다. 신문을 보다가 좋은 신간이 나오면 사서 꽂아두는 식이었다. 아빠의 책은 다종다양했는데 엄마에게 선물한 벽돌같이 두꺼운 《한국의 들꽃》이 있는가 하면(하지만 실용주의자였던 엄마는 들꽃 책을 선물 받고 나에게 이렇게 말했다. "너네 아빠는 내가 꽃을 좋아하는 줄 아나 보다. 착각도 잘하네"),

이런 책은 왜 샀는지 이해할 수 없는 대형 유럽 고지도 책도 있었다(표지가 금색 양장으로 된 사치스러운 책이다).

미닫이 유리문이 달린 커다란 나무 책장이 서재의 사면을 채웠는데 거기에 어른들이 산 책과 내가 읽는 동화책이 뒤죽박죽 꽂혀 있었다. 만일 누군가 체계적으로 책장을 정리해서 나만의 책장이 따로 있었다면 어른들이 읽는 책에 손을 대지 않았을지도 모르겠다. 어찌 되었든 경계가 없는 책장에다 제지하는 사람도 없어서 나는 어린이가 읽어도 될지 애매한 책을 마구 읽으면서 무럭무럭 자랐다. 1992년과 1993년 사이에 범우사에서 나온 완역판 《아라비안 나이트》도 아빠가 일단 사둔 책 중 하나였다. 언어 천재 리처드 버턴 경의 영문판 《천일야화》를 중역한 열 권짜리 전집으로 당시에 출간 소식이 신문 기사로 나올 만큼 화제였다. 그 책은 우리 집에서 나만 읽었는데 나중에는 하도 많이 읽어서 책이 너덜너덜해졌다.

《천일야화》는 제목부터 끝내주게 멋지다('1000일야화'가 아니라 '1001'야화다). 1001은 가운데 거울을 놓고 비추어 보면 좌우 대칭이 되어서 '대칭수' 또는 '거울수'라고도 한다. 그래서 1001이라는 숫자를 보면 양쪽 벽에 거울이 달린 엘리베이터가 떠오른다. 가끔 그런 엘리베이터를 타면 나의

상(像)이 좌우 거울로 끝없이 복제되어서 마치 영원 속에 갇힌 느낌이 든다. 1000일에서 하루를 더해 1001일이 되면서 영원히 계속되는 이야기라는 제목의 함의가 완성된다. 근본주의 이슬람교의 노골적인 성차별 때문에 《천일야화》를 시대에 뒤떨어진 성차별적 에로 문학 정도로 알고 있는 사람도 많다. 물론 대개의 구전 설화와 마찬가지로 《천일야화》도 오늘날의 정치적 올바름과는 거리가 아주 멀다. 《천일야화》에서의 엉망진창인 인간들은 비틀거리기는 하지만 결국에는 무사히 귀가하는 술주정뱅이같이 올바르지 않다. 노골적으로 신체나 성행위를 묘사하는 장면이 많지만(범우사 판에는 야한 삽화도 가득 실려 있다), 실제로 읽어보면 남녀 모두가 서로를 성적 대상으로 보고 희롱을 나누기 때문에 어느 일방의 착취보다는 야생의 모습에 더 가깝다. 예컨대 이렇다. 첩이 왕자를 유혹하다가 실패했는데 오히려 왕자가 자신을 유혹했다고 왕에게 모함하면서 싸움이 벌어진다. 대신들은 각자 양쪽 편을 들며 '랩 배틀'을 하듯 남자가 더 음탕하다, 여자가 더 음탕하다라며 음담패설을 주고받는다. 계속 읽다 보면 '인간은 모두 음탕하네' 하는 생각에 이르게 된다(어릴 때의 기억으로는 고상한 《삼국지》를 읽을 때 오히려 마음이 불편했다. 아니, 초선은 인생도 없어?).

구전 설화는 대개 권선징악의 이야기다. 반면《천일야화》는 고난에 빠진 인간이 어떻게 이를 극복하는지에 초점이 맞추어져 있다. 신드바드가 탄 배가 난파했다. 어떻게 집에 돌아갈 것인가. 마법사에게 속은 알라딘은 동굴에 갇혔다. 어떻게 탈출할 것인가. 주인공은 착해서 복을 받기보다는 고군분투로 고난을 극복한다. 스스로 행복한 결말을 만든다. 액자 밖 이야기도 마찬가지다. 셰에라자드는 기지를 발휘해서 왕의 삐뚤어진 정신머리를 고치고 자신을 목숨을 구해낸다.《성경》에서 신은 인간에게 직접 복과 벌을 내린다.《천일야화》에는 거의 매 페이지에 '알라'가 나오는데, 알라는 칭송의 대상일 뿐 이야기의 주체로 등장하는 법이 없다. 인간은 알아서 고난을 극복하고, 살아남으면 알라에

게 공을 돌린다.

얼마 전에 주변인에게 자신은 어니스트 헤밍웨이가 기득권 백인 남성 마초라서 그의 작품을 읽지 않는다는 이야기를 들었다. 이상한 논리 같은데 반박하면 정치적으로 올바르지 않은 사람이 될까 봐 "어, 그렇구나" 하고 말았다. 정치적 올바름이라는 표현은 1917년 러시아 혁명 이후 '소련 공산당의 정책에 부합한다'라는 뜻으로 마르크스-레닌주의자들이 처음으로 사용했다. 그 후 1970년대와 1980년대에는 미국 자유주의자들 사이에서 일종의 유머를 담은 수사법으로, 1990년대 초반에는 좌익 교수법의 부상에 관해 반대하는 보수주의자들이 비난조로 사용한 표현이었다. 《옥스퍼드 사전》에서는 정치적 올바름(political correctness)을 "특정 집단의 사람들에게 불쾌감을 줄 수 있는 언어와 행동을 피해야 한다는 원칙"이라고 정의한다. 단어의 용법이 시대에 따라 달라졌지만 어찌 되었든 나는 정치적 올바름의 필요성에 깊이 공감한다. 인식은 언어에 영향을 받고 차별적 용어의 사용은 차별을 조장하기 때문이다.

하지만 정지석 올바름은 올바르지 않다고 여겨지는 것은 존재하지 않아야 한다거나 파괴해야 한다는 의미가 아니다. 물론 자신의 신념에 반하는 존재를 파괴하고자 하는 마음은 인간적인 감정이다. 리처드 버턴 경의 아내 이사벨도 경의 사후에 노골적인 성행위를 묘사한 원고 일부를 태워버렸다. 이스탄불에 있는 아야 소피아는 정복자의 취향대로 파괴와 재건을 반복하며 성당이 되었다가 모스크가 되었다가 했다. 정부의 출판물 검열과 삭제는 헌법상 금지되지만 역사적으로 수시로 이루어졌던 일이다. 진시황은 옛것을 배워 새것을 비방하는 자를 없애버리고자 책을 불태우고 학자를 생매장했다.

정치적 올바름 추구의 핵심은 파괴와 제거가 아니라 포용이다(마르크스-레닌주의자에게는 파괴와 제거의 의미였다). 소수의 존재 자체를 인정하는 마음이며 다양성 존중을 사회에 적극적으로 요구하는 것이다. 하지만 다양성은 현재에만 국한하지 않고 시공을 초월한다. 타인은 맥락 속에 존재하기에 나의 관점이 아니라 그의 관점에서 삶의 맥락을 이해해야 한다. 세종대왕의 아버지는 무자비하게도 정적을 살해했다. 그리고 세종대왕은 일부일처제를 지키지 않았고 신분제도 고수했다. 따라서 살인자의 아들에다가 계급제와 성차별을 일삼은 세종대왕이 만든 한글은 정치적으로 올바르지 않고 이 세상에서 사라져야 한다. 말이 안 되는 논리다. 세종대왕의 진정한 위대함은 신분 사회의 최정점이 백성을 교육하

려고 문자를 만들 결심을 했다는 점에 있다(알다시피 똑똑한 백성을 바라는 지배자는 많지 않다). 신분제는 정치적으로 옳지 않지만 신분제와 군주제의 맥락을 이해해야 세종대왕의 위대함을 이해할 수 있다.

어릴 때 나에게 생의 다채로움을 알려준 책은《천일야화》였다. 책을 펴면 이야기 속에 이야기 속에 이야기 속에 또 다른 이야기가 펼쳐졌다. 이국적인 풍광, 신성을 외치면서도 한껏 세속적인 사람들, 독특한 서사, 문학의 정수가 있었다. 인문서나 사회과학서와 비교하면 문학은 지식 전달 측면에서 효율성이 떨어진다. 하지만 이야기는 우리에게 타인의 삶을 깊숙이 들여다보게 한다. 지식으로 이해하는 것이 아니라 경험으로 이해하게 한다. 최근에《노인과 바다》를 다시 읽어보았다. 산티아고도 노인도 여전히 아름다웠다. 올바르지 않은 사람이 말하는 올바르지 않은 이야기에서도 올바름을 배울 수 있다. 그래서 올바르지 않은 이야기도 계속되어야 한다. 올바르지 않은 이야기를 읽으면서 올바름을 이야기하면 된다. 그래야 제대로 올바를 수 있다.

'트위터는 인생 낭비다. 인생에서는 더 많은 것을 할 수 있다. 차라리 독서하기를 바란다.' 알렉스 퍼거슨 경의 인터뷰에서 파생된 이 말은 '트인낭'(트위터는 인생 낭비)이라고 불리며 SNS 사용을 경계하는 표현으로 널리 알려졌다. 싸이월드 이후 나의 SNS 활동은 소강상태였다. 로스쿨 4년(출산으로 1년 휴학)과 법원에서 4년을 근무하며 일과 육아로 '꼭지가 돌 정도'로 바빠서 시간이 없었기 때문이다. SNS를 해보지도 않았으면서 'SNS는 시간 낭비'라고 순진하게 생각했다. 특히 유튜브가 싫었다. 좋아하던 요리 블로거가 유튜버로 전향하면서 조리법을 동영상으로 올리기 시작했기 때문이다. 정보 전달 측면에서 영상은 활자에 비해 효율성이 너무 떨어졌다. 15초면 읽을 내용을 15분 동안 보아야 했다.

하지만 변호사 개업 후 SNS를 하지 않을 수 없는 상황과 맞닥뜨렸다. 내가 모르는 사이에 세상이 변했다. 홍보에 SNS는 필수였다. 공중파의 영향력이 적어졌고 내가 모르는 유명 인사도 너무 많았다. SNS 자체가 돈이 된다. 초등학생 장래 희망 1위가 유튜버라고 하지 않는가. 현실이 이렇다 보니 퍼거슨은 유명하고 성공했기 때문에 SNS를 시간 낭비라고 당당하게 말할 수 있었을 것이라는 생각이 들었다. 유명하지도 않고 성공하지도 않은 사람에게 SNS는 새로운 기회의 장이다. 결론적으로 나의 SNS 활동은 자의식 과장이 안 되는 결벽증과 게으름으로 실패했지만(인스타툰은 영업과 전혀 무관한 취미 생활이 되었고, 유튜브는 개설조차 하지 않았다) 인스타그램과 유튜브를 동시에 경험하면서 느낀 점이 많았다.

인스타그램과 유튜브는 기본적인 구조가 다르다. 인스타그램은 생산자 중심의 서비스다. 사용자는 나의 페르소나를 만들고 그 페르소나를 퍼트린다. 이 페르소나 때문에 인스타그램은 준(準)실명제로 운영된다. 반면 유튜브는 소비자 중심의 서비스다. 유튜버가 콘텐츠를 생산하면 소비자는 페르소나를 벗어던진 채 오직 자신의 욕망을 좇는다. 생산자는 오로지 소비자의 선택으로 존재하기 때문에 결국 타인이 익명으로 요구하는 욕망에 잠식될 수밖에 없다. 이런 구조 차이로 유명해지는 방법도 다르다. 인스타그램은 멋진 페르소나를 구축한 사람이 유명해진다. 부자, 미인, 미식가, 사랑꾼, 다독가, 힙스터 등 남들이 닮고 싶은 모습을 만들어서 자신을 추종하게 한다. 따라서 인스타그램에서 중요한 것은 페르소나에 대한 반응, 즉 '팔로워와 좋아요' 수다. 준실명제로 운영되는 인스타그램의 특성상 팔로워들은 대개 게시물에 긍정적 댓글만 남기며 부정적인 반응은 '언팔'이나 '좋아요'를 누르지 않는 방법으로 소극적으로 표현한다. 반

면 유튜브에서는 소비자의 구미를 맞추어야 인기를 얻는다. 대개 자극적이고 극단적인 콘텐츠를 생산하는데 유튜브에서 중요한 것은 클릭 수와 시청 시간이기 때문이다. 시청자들은 익명에 숨어 있어서 쉽게 악플을 달고 심지어 자신이 그럴 권리가 있다고 생각한다('나 때문에 돈 벌잖아!').

인스타그램의 문제점은 페르소나 그 자체의 위험성이다. 페르소나를 만드는 데 빠져 현실의 삶을 내던질 수 있고, 다른 사람의 페르소나를 곧이곧대로 믿고 상대적 열등감에 빠질 수도 있다. 인플루언서의 경우에는 자신을 대단한 사람으로 착각할 수 있고, 반대로 현실과 페르소나의 괴리로 자기혐오에 빠질 수도 있다. 인스타그램에서 아내에 대한 사랑 고백을 수시로 올리는 사람을 보았다. 저 사람은

사랑꾼인 자신이 중요한 것인지 아니면 아내에 대한 사랑 고백이 중요한 것인지 궁금했다. 아내에게 먼저 사랑을 고백하고 그 상황을 떠올리며 나중에 게시글을 쓸까? 아니면 게시글로 대중에게 먼저 아내를 향한 사랑을 천명한 다음에 아내에게 고백할까? 아니면 아내도 팔로워이니 그냥 알아서 읽겠거니 하고 게시물만 올릴까? 혹은 공유 링크를 보낼까? 어찌 되었든 개인적으로는 공개 고백하는 사랑은 현실에서도 사이버상에서도 로맨틱하지 않다는 생각이 들었다.

유튜브의 문제점은 저질 콘텐츠와 확증 편향이다. 유튜브 콘텐츠는 누구나 제작할 수 있고 유튜브 외부에서 콘텐츠를 통제할 수 있는 기관도 존재하지 않는다. 유튜브의 통제자는 오로지 자신인데, 현재 스팸 및 현혹 행위(허위 참여, 명의 도용 등), 민감한 콘텐츠(아동 보호, 과도한 노출 및 성적 콘텐츠, 자살 및 자해, 저속한 언어 등), 폭력적이나 위험한 콘텐츠(괴롭힘 및 사이버 폭력, 증오심 표현, 폭력적이나 노골적인 콘텐츠 등), 규제 상품(총기류 등 규제 상품과 서비스 판매), 잘못된 정보(잘못된 정보, 잘못된 선거 정보, 잘못된 의료 정보)의 다섯 가지 항목으로 된 커뮤니티 가이드 라인을 제시하고 있다. 2021년 4월부터 2021년 6월 통계에 따르면 단 두 달 사이 유튜브 자체 가이드 라인을 위반해서 삭제된 게시물은 아동 보호 187만 건

(29.9퍼센트), 과도한 노출 및 성적인 콘텐츠 140만 건(22.4퍼센트), 폭력 또는 노골적인 콘텐츠 105만 건(16.8퍼센트), 스팸 및 현혹성 콘텐츠 및 사기 88.4만 건(14.1퍼센트), 유해하거나 위험한 콘텐츠 29.9만 건(4.8퍼센트), 괴롭힘 및 사이버 폭력 23.3만 건(3.7퍼센트), 증오성 또는 악의적인 콘텐츠 8.7만 건(1.4퍼센트), 기타가 7000건(0.1퍼센트)이다.

내가 삭제 게시물 통계를 보고 놀랐던 것은, 아동 보호를 위해 삭제한 콘텐츠 수가 가장 많았던 점(유튜브 내 아동 유해 콘텐츠가 성이나 폭력 콘텐츠보다 많다는 뜻이다)과 잘못된 정보의 경우 가이드 라인이 전혀 기능하지 못하고 있다는 점이었다(삭제 게시물 통계에 아예 항목이 없다). 가짜 뉴스 같은 잘못된 사실은 검증이 필요한데, 검증하는 동안 콘텐츠는 이미 소비되고 확산한다. 신속한 삭제 자체가 불가능하고 뒤늦게 삭제되더라도 효용이 없다. 문제의 안아키 한의사도 현재까지 유튜브 영상을 업로드하고 있다. 콘텐츠 자체의 질도 문제이지만 알고리즘을 통한 확증 편향 문제도 심각하다. 휴대전화로 혼자 시청하는 유튜브의 특성상 비판적 시각을 얻을 기회가 없다(가령 가족과 텔레비전을 시청한다면 콘텐츠에 대한 의견을 나눌 수 있다). 고립되어 구미에 맞는 콘텐츠만 거듭 시청하면서 잘못된 확신을 계속 재확신한다. 이에 더해 시청하는 콘텐츠의 질 자체도 점차 낮아질 가능성이 크다. 자극의 역치가 높아져서 나도 모르게 점차 저속하고 자극적인 것에 눈이 가기 때문이다.

인스타그램이든 유튜브든 SNS의 운용 주체는 알고리즘이다. 너도나도 알고리즘 분석을 시도하고 알고리즘의 눈에 들기를 원하지만 알고리즘의 교묘한 움직임을 정확히 예측하기란 어렵다. 하지만 알고리즘의 목적은 분명하다. 인스타그램이든 유튜브든 트위터든 페이스북이든 틱톡이든 웨이보든 알고리즘은 당신을 그곳에 가능한 한 오래 머무르게 하려고 만들어졌다. 마치 친절한 큐레이터처럼 당신에게 콘텐츠를 추천하는 듯하지만 실상은 당신을 분석하고 비틀어서 SNS에 고립시키려는 목적으로 콘텐츠를 던져주는 검열관에 가깝다. 기업에 의해 사실상 이루어지는 정보 편집은 국가에 의한 검열만큼 유해하지만 교묘하고 신중해서 현행법으로 제재할 방법이 없다(개인적인 의견으로는 검열에 대한 인식 전환이 필요한 것 같다).

미하엘 엔데의 소설 《모모》에는 정체를 알 수 없는 회색 신사들이 나온나. 회색 신사들은 실제로는 무(無)로, 사람들의 시간을 훔치고 훔친 시간 속에서만 존재할 수 있는 자들이다. 회색 신사 같은 알고리즘이 훔쳐 간 우리의 시간으로 누군가는 이득을 얻고 있다(우연이겠지만 마크 저커버그가 회색 티셔츠를 즐겨 입는다). 시간을 빼앗긴 우리는 과연 무엇을 얻는 것일까?

이런 비판적인 이야기를 해도 자영업을 하는 사람으로서 할 수 있다면 알고리즘의 선택을 받고 싶다. 회색 신사들의 일원이 되어 유명해지고 부유해진 다음에 잘난 척하면서 SNS에 이런 글을 쓰기 위해서다. "여러분, 제가 열심히 해보았는데요, SNS는 확실히 인생의 낭비입니다." 원래 《모모》는 자본주의의 노동 착취를 은유적으로 표현한 작품이다. 회색 신사들은 사람들에게 시간을 효율적으로 이용해야 한다는 강박을 심어주고 그들에게 훔친 시간 속에만 존재한다. 사람들은 시간 은행에 저장한 시간을 나중에 사용할 수 있다고 생각하지만 실상은 시간을 회색 신사들에게 착취당하는 것이다. 하지만 타인의 말을 경청하는 멋진 어린이 모모의 기지로, 도둑맞은 시간은 주인에게 돌아가고 회색 신사들은 연기처럼 사라져버린다. SNS는 이미 불가역의 존재가 된 것 같다. 모모 같은 어린이가 나타나 미래를 구원해줄 수 있을까? 아마도 어려울 것 같다. 그런 불상사를 방지하기 위해서 이미 회색 신사들은 교묘히 어린이들에게 휴대전화를 쥐여주고 유튜브를 권하고 있기 때문이다.

보통 사람

노태우 대통령의 '보통 사람'은 아직도 많은 사람의 기억에 남아 있는 성공적인 선거 캐치프레이즈다(당시 김영삼 후보는 '군정 종식', 김대중 후보는 '평민은 평민당, 대중은 김대중'이었다). 어릴 때 동네 친구들과 노태우 대통령의 선거 유세를 따라 하며 놀았던 기억이 있다. "나 이 사람 보통 사람입니다. 믿어주세요." 엄마에게 말할 때는 대사를 약간 바꾸었다. "나 이 사람 배고픈 사람입니다. 밥을 주세요." 군인 출신인 노태우가 직선으로 대통령에 당선될 수 있었던 데에는 사회 안정을 내세우며 보통 사람이 주인인 시대의 비전을 구체적으로 제시했던 영향이 컸다.

노태우 대통령의 성공 후로는 선거 때마다 자신은 평범한 사람이라는 점을 강조하는 후보가 많았다. 대학교 때 당시 서울 시장이었던 이명박 대통령의 강연을 듣고 왔다. 듣고 싶지는 않았지만 수강하던 회사법 교수님이 출석 체크를 하는 바람에 강제로 참석하게 되었다. 그날 이명박 대통령은 기분이 좋아 보였다. 헌법 재판소가 신행정수도특별법 단순 위헌 결정을 선고했는데 강연이 그다음 날이었기 때문이다. 원래는 수도 이전 반대를 주제로 강연하려고 했는데 개인사로 주제를 바꾸겠다며 자신의 인생 여정과 대학의 세계화에 관해 두 시간 넘게 이야기했다. 잠도 못 자고 시장에

서 폐지를 줍던 일화를 들으면서 생각했다. '확실히 보통 사람은 아니군.' 정치인이 하는 '나는 여러분처럼 평범한 사람, 보통 사람입니다'라는 말을 듣고 있으면 그들이 말하는 보통 사람은 누구인지 헷갈린다. 보통 사람의 시대를 주창한 노태우 대통령은 보통 사람을 이렇게 정의했다. "보통 사람은 잘난 것도 없지만 부끄러울 것도 없는 사람, 뽐낼 것도 없지만 꿀릴 것도 없는 사람이라고 생각합니다." 이명박 대통령이 말하는 보통 사람은 가난한 사람 같았다. 비록 이명박 대통령의 인생 전체를 놓고 보면 가난한 기간의 비율이 높지는 않겠지만 어찌 되었든 너희 유권자와 같이 가난한 시절이 있었음을 강조하며 공감과 지지를 호소했다. 정치인들이 말하는 보통 사람 개념의 의미는 정확하지 않지만 긍정

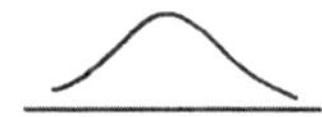

적인 개념으로 쓰이는 것은 확실하다. 사실 대통령이나 국회의원 선거에서 후보가 될 정도라면 평범하다고 보기는 어려울 텐데 서로 앞다투어 나는 보통 사람이라고 주장한다.

정치에서와 달리 일상에서 '보통 사람'은 진퇴양난의 비난 도구다. 양육에 일관성이 없는 부모처럼, 사회는 평범한 사람에게는 보통 사람일 뿐이라고 비난하고, 튀는 사람에게는 보통 사람이 아니라고 비난한다. 보통은 비범의 반대말이 되었다가 정상의 반대말이 되었다가 하면서 우리 모두를 비난한다. 누구나 그렇겠지만 나도 오랫동안 양방향성 보통의 비난을 겪었다. 우선 내가 보통 사람이라 괴로웠다. X세대는 아니지만 X세대가 나오는 텔레비전을 보고 자라서인지 개성이 삶에서 상당히 중요한 요소처럼 느껴졌다. 교과서나 미디어에서는 특별한 사람의 이야기만 해대고 그렇지 않은 사람은 세상에 존재하지 않는 것처럼 취급했다. 특별한 사람이 되고 싶은 야망이 없었는데도 항상 무언가를 더 성취해야 한다는 강박에 시달렸다.

얼마 전에 아이가 이런 질문을 했다. "엄마, 웃긴 점을 깨달았어. 디즈니 공주들은 화장실을 안 가너라." 요즘 내가 하고 있던 생각과 결이 비슷해서 깜짝 놀랐다. 우리가 책이나 미디어로 접하는 타인의 삶은 대부분 생략되어 있다. 예를 들면 화장실에 가거나, 잠을 자거나, 코를 파거나, 잡생각을 하는 등 스토리 진행에 중요하지 않은 부분은 드러나지 않는다. 하지만 삶의 상당한 분량은 이런 생략된 부분으로 소진되고, 삶을 총체적으로 구성한다면 특별한 삶도 평범함이 대부분을 차지하고 있다. 특별함을 마치 별세계처럼 너무 과대평가했던 것은 아닌지 의심해볼 필요가 있겠다는 생각이 들었다.

한편 나는 늘 내가 보통 사람이라고 인정받고 싶었다. 어릴 때부터 4차원이라는 비난을 수시로 들었기 때문이다. 그런 비난을 들을 때마다 한동안 상대를 매의 눈으로 관찰했는데 자세히 보면 평범한 사람이 없었다. 성격이든 외모든 취향이든 행동이든 찾으려고 하면 그 사람만의 특성은 늘 있었다. 누구는 왜 하는지 모를 거짓말을 자주 했고, 누구는 눈이 짝짝이였고, 누구는 헬로키티에 집착했고, 누구는 남들은 관심 없는 자기 가족 이야기를 너무 많이 했다. '흥. 너도 이상하네. 내가 훨씬 보통 사람이다.' 보통이 대체 무엇이길래 보통을 기준으로 자신을 들볶아야 할까? 보통은 평균인가?

예전 기사에서 한국인 평균 남녀 얼굴 사진을 본 적이 있었다. 사진을 계속 보다 보니까 조금 으스스한 기분이

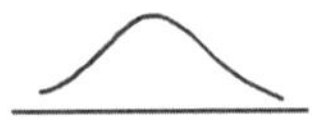

들었는데 평균과 똑같은 사람은 실제로 없다는 생각이 들어서였다. 얼굴을 수치화해서 평균을 만들어낼 수는 있겠지만 그 평균과 완벽히 똑같이 생긴 현실의 인간은 없다. 없는 인간이 평균이라니, 그렇다면 보통 사람은 사회가 만들어낸 이데아 같은 허상이 아닐까? 성과주의를 강요하려고(평범해서는 안 된다!) 혹은 타인을 억압하려고(모난 돌이 정 맞는다!) 이 무언지 알 수 없는 '보통 사람'을 들이대며 비난을 계속한다.

보통 사람이 정확히 무엇인지는 아직도 모르겠다. 사회 구성원 대부분이 보통 사람일 텐데, 그렇다면 보통 사람은 실제로는 다종다양하게 보통이다. 마치 자갈 해변의 자갈돌같이, 멀리서 보면 다 똑같아 보이지만 가까이서 보면 다 다르게 자갈이다. 단언컨대 이 세상 모든 자갈의 이데아인 보통 자갈은 없다. 모든 사람은 다르다. 성격이든 외모든 취향이든 행동이든 제각각이다. 모든 사람은 똑같다. 태어나고, 밥을 먹고, 똥을 싸고, 죽는다. 대통령이든 이웃집 사람이든 나든 너든 예외가 없다. 모두 특별한 사람이고 모두 평범한 사람이다. 보통은 다양하다.

아이를 재우고 나서 디즈니플러스에서 〈무빙〉을 보고 있었다. 조인성 배우가 연기한 김두식의 비행 장면을 보니 몹시 흡족했다(나도 늘 하늘을 날고 싶다!). 때마침 남편이 일을 끝내서 드라마를 같이 보자고 권했더니 비현실적인 이야기는 재미없다며 칼같이 거절했다. 남편은 정치나 범죄 같은 분야만 좋아한다. 취향은 알고 있었는데 〈닥터 후〉나 〈은하수를 여행하는 히치하이커들을 위한 안내서〉를 좋아하는 나로서는 〈무빙〉 정도면 남편도 재미있게 볼 수 있는 현실적인 드라마라고 생각했다. 고등학생 초능력자는 입시를 준비하고, 부모인 초능력자는 자영업을 하고(돈가스 가게, 치킨 가게, 슈퍼, 헌책방, 미용실 등), 악당도 외계인이 아니라 '나쁜 관료'와 '북한 초능력자'이니까, 초능력만 빼면 꽤 현실적인 이야기 아닌가? 어찌 되었든 추천을 거부당하니 약간 심통이 나서 남편에게 이렇게 대꾸했다. "흥, 현실적인 드라마도 현실은 아니거든."

현실이 아니라고 말하고 나니 어쩐지 딴생각이 꼬리를 물고 이어져서 드라마에 집중할 수 없었다. 현실적인 이야기든 비현실적인 이야기든 모두 현실이 아니라 허구다. 하지만 현실에서 실제로 일어나고 있는 일이라도 내가 직접 겪고 있지 않다면 현실로 느껴지지는 않는다. 최근에 재미있게 읽은 벤 매킨타이어의 《스파이와 배신자》는 냉전 시대 소련 KGB 요원이면서 영국 첩보 기관 MI6의 이중 첩자로 활동한 올레크 고르디엡스키의 실화를 다룬 책이다. 하지만 내가 이중 첩자의 심적 갈등을 구체적으로 느꼈던 작품은 비엣 타인 응우옌의 소설 《동조자》다. 주인공은 CIA 요원에 발탁되나 이미 북베트남의 두더지(장기간 침투해 있는 첩자)였던 사람으로, 고국에서는 혼혈아(아버지가 프랑스인 가톨릭 신부다)로, 미국에서는 이민자로 지내며 이중적인 상황에서 끝없이 갈등을 계속한다. 실제로 존재하는 올레크 고르디엡스키보다 《동조자》의 주인공인 허구의 '나' 독자인 나와 심정적 거리는 더 가깝다. 두 책의 서술 방식 차이 때문인데 《스파이와 배신자》는 3인칭 관찰자 시점을, 《동조자》는 1인칭 주인공 시점을 채택해서 상대적으로 《동조자》 주인공의 심정을 훨씬 잘 느낄 수 있다.

우리가 타인 혹은 허구의 타인에게 감정을 느끼는 이유는 그의 마음을 이해해서다. 이해해서 가깝게 느낀다. 그래서 실제로 존재했던 셰익스피어보다 셰익스피어가 창조한 '햄릿'을 더 가까운 사람처럼 느끼고, 가끔 엘리베이터에서 인사하는 이웃 사람보다도 '리어왕'을 더 잘 아는 사람처럼 느낀다.

똑같이 현실로 일어나더라도 어떻게 이야기하느냐에 따라 인식이 달라진다. 2023년 6월에 있었던 두 가지 해상 재난은 모두 실제로 일어난 사건이지만 언론의 반응은 확연히 달랐다. 6월 14일 그리스 필로스 연안 이오니아해에서 난민 약 750명이 탄 어선이 침몰했다. 실종자 수색은 다음 날인 6월 15일까지 계속되었고 약 500명이 사망한 것으로 추정된다. 언론의 관심이 집중된 사건은 나흘 뒤 발생했다. 6월 18일 다섯 명의 부호를 태우고 타이타닉호 침몰 수역을 관광할 목적으로 잠항한 타이탄 잠수정이 실종되었다. 실종 직후부터 수색 상황은 시간별로 기사화되어 알려졌다. 실종 당일 미국과 캐나다 해안 경비대가 투입되었고 미군과 프랑스에서 파견한 심해 잠수 로봇까지 수색에 참여했다.

마침내 6월 23일 미국 해안 경비대의 수중 탐사 장비가 타이타닉호 잔해 주변에서 모종의 잔해 더미를 발견했고 6월 29일에 잔해 더미가 인양되었다. 인양 이후 수거된 유해를 대상으로 DNA 검사가 이루어지고 있고, 전문가들이 사고의 원인을 분석하고 있다.

두 가지 사건에 관한 언론 보도 태도는 죽음을 계급화한다는 비난을 면할 수 없다. 버락 오바마 전 대통령도 6월 22일 아테네에서 열린 스타브로스 나아르코스 재단 연설에서 700명이 탄 난민선이 침몰한 것보다 타이탄 잠수정이 더 많은 관심을 받는 것은 도저히 이해할 수 없다는 취지로 비난했다.

언론의 보도 태도와 별개로 독자인 우리가 죽음을 계급화해서 생각하고 있는지는 한 번쯤 생각해볼 문제다. 부자와 빈자 중 어떤 이의 목숨이 더 중요하냐는 질문을 받았을 때 선뜻 부자의 목숨이 더 중요하다고 대답할 사람은 많지 않을 것이다. 우리가 중요하다고 여기는 사람은 나와 가까운 사람이다. 유럽 난민 사태의 방향을 바꾼 계기는 터키 해변에 밀려온 세 살 아이 아일란 쿠르디의 사체 사진이었다. 얼굴을 모래 더미에 묻은 가냘픈 아이의 모습은 마치 나의 아이가 홀로 난파되어 외딴 바다에 떠밀려 간 것처럼 마음을 아프게 했다. 쿠르디의 사진은 결국 난민 수용에 관한 찬성 여론을 끌어냈다. 우리는 상대에 관해 감정을 느낄수록, 정보를 가질수록, 이야기를 들을수록 나 자신의 일처럼 여기게 된다. 언론이 열띠게 보도한 결과로 우리는 잠수정에 탄 사망자의 이름이 무엇인지, 그들이 어떤 사연으로 잠수정에 타게 되었는지도 알게 되었다. 결과적으로 우리는 사고에 관심을 기울이고 감정을 이입한다. 하지만 난민선에 탄 750명은 누구인지, 어떤 사연으로 난민선에 탔는지는 알지 못한다. 난민선에 관해 많은 정보를 얻을수록 복잡한 난민 사태를 이해하고(유엔 난민 기구의 최근 보도에 따르면 2022년 초 내전 등으로 인한 실향민의 수가 누적 100억 명을 돌파했다고 한다), 구체적인 피해 상황을 살펴볼수록(108명이 구조되었는데 구조자 중 여성과 어린이는 단 한 명도 없었다. 밀수업자들이 여성과 아이 들을 화물칸에 가두었기 때문에 빠져나오지 못하고 그대로 수장되었다. 생존자의 증언에 따르면 최대 100명의 어린이가 선박에 억류된 상태였다고 한다) 사건을 나의 일처럼 느끼게 된다.

이런 생각을 하다가 집중력을 다잡고 〈무빙〉을 보면서 눈물을 흘렸다. 류승룡 배우가 연기한 장주원이 교통사고로 아내를 잃고 슬피 울었기 때문이다. 장주원도 교통사고도 실제는 아니지만, 이야기일 뿐이지만 그래도 슬픈 것

은 어쩔 수 없다. 하지만 텔레비전을 끄면 이야기는 끝나고 슬픔은 사라질 것이다.

☆ ☆ ☆

이야기는 나의 삶에 바짝 다가올 때만 어떤 의미가 있다. 우리는 매트릭스에 살지 않고, 현실과 이야기를 구별할 줄 안다고 생각한다. 하지만 실제로 내가 인식하는 현실은 매우 협소하다. 내가 직접 경험하지 않은 삶은 나에게는 이야기처럼 존재한다. 나는 어떤 이야기에 다가가야 할까? 잠수정이냐, 난민선이냐? 어떤 이야기를 나의 현실로 가져올 것인가? 누군가에게는 당신도 이야기에 불과하다. 자세히 보아야 현실이 된다. 가까이 보아야 현실이 된다. 타인에게는 당신도 그렇다. 중요한 점은 이것이다. 이야기는 바꿀 수 없지만 현실은 바꿀 수 있다.

대학교 때 나의 별명은 '또라이 컬렉터'였다. 길을 걷기만 해도 이상한 사람들이 말을 걸었다. 명동에서 친구에게 날씨가 춥다고 이야기하는데 모르는 여사가 다가오더니 나에게 귓속말했다. "나도 추워." 종로에서 지하철을 탔는데 건너편 바닥에서 만취한 아저씨가 자고 있었다. 잠시 후 잠에서 깬 아저씨가 다가오더니 큰 소리로 말을 걸었다. "이야, 너 멋쟁이다? 나도 멋쟁이야." 캠퍼스에서 도서관을 향해 걷고 있었다. "음하하하하하하하하." 등 뒤에서 만화에 나오는 악당 같은 웃음소리가 났다. 아무 생각 없이 계속 걷는데 웃음소리가 점점 가까워졌다. 불안했지만 계속 모른 척했는데 누군가 어깨를 툭툭 쳤다. "야! 야!" 뒤를 돌아보았더니 덩치가 산만 한 남자가 서 있었다. "야! 나랑 놀아줘!"

나의 경우에는 빈도가 높았지만 누구나 일상에서 언뜻 이해하기 어려운 사람을 만난다. 악기를 휘두르며 위협하는 사람, 태극기와 이스라엘 국기를 함께 두른 사람, 지옥을 외치는 사람, 온몸에 꽃과 인형을 달고 다니는 사람, 술에 취해 시비를 거는 사람, 당당히 혐오 피켓을 들고 다니는 사람 등등. 한마디로 공중도덕 위반에서 경범죄 처벌법 위반 사이를 왔다 갔다 하는 사람들이다. 이런 사람들은 예전에는 주위 사람들 사이에서의 소소한 이야깃거리였다. 하지만

이제는 누구나 이상해 보이기만 하면 사진이나 동영상으로 찍혀 조리돌릴 수 있는 시대가 되었다.

2005년 '개똥녀 사건'은 일반인을 비난하는 시대의 포문을 열었다. 사건의 개요는 이렇다. 2호선 지하철에 탄 여성이 자신의 애완견이 설사하자 치우지 않고 하차했다. 여성이 내리자 근처에 앉아 있던 할아버지가 개의 배설물을 치웠고 이 광경을 누군가 사진으로 찍어서 인터넷에 게시했다. 2000년대 초반의 여성 혐오 광풍과 뒤섞여 해당 여성은 개똥녀로 명명되며 전 국민에게 욕을 먹었다. 당시에 나는 이 사건의 진행 과정을 보면서 '와, 세상이 미쳤구나' 하고 생각했다(루저녀 사건도 이 시기쯤이었다). 해당 여성이 바른 행동을 하지는 않았지만 따지고 보면 사회에 미친 해악은 지하철에 흘린 배설물 정도다. 게다가 그 해악은 관대한 할아버지에 의해 즉시 제거되었다. 바로 옆에 앉은 할아버지도 용서하고 덮어준 일을 왜 아무 관계도 없는 사람들이 나서서 비난할까? 술에 취해 전봇대에 토하고 그냥 가는 사람들이 마치 지하철 위생 자경단처럼 군다. 그 광기가 무서웠다.

시간이 흘러 이제는 일반인의 삶에 대한 공적 평가가 일상이 되었다. 특이한 사람을 보면 몰래 사진을 찍고 놀이하듯 '○호선 ○○ 빌런'이라고 이름을 붙인다. 친구나 배우

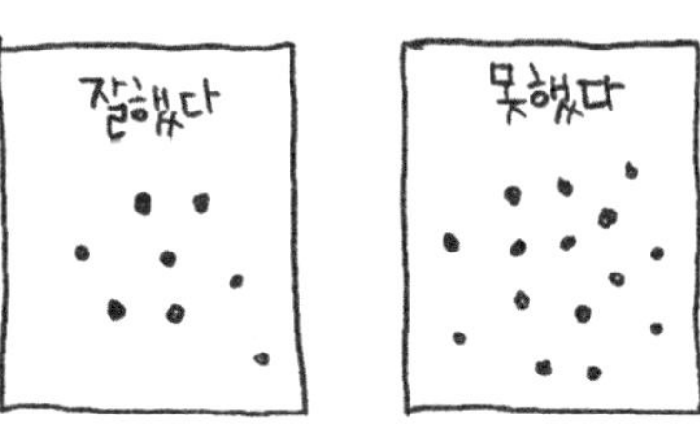

자, 회사 동료, 친척 등 주위 사람의 부당한 행동을 글로 써서 게시판에 올리면 수많은 사람이 몰려들어 자기 일처럼 화를 내고 댓글을 단다. 투표하듯 베스트 댓글을 선정한다. 세상에 이런 일이! 막장 사연은 흥미진진하다. 하지만 “여러분들의 생각은 어떠신가요? 나중에 남편에게 보여줄 거예요” 같은 글을 보면 왜 자신의 삶을 다수결에 부치는지 궁금하다.

다수결은 원래 공적 영역에서 단일한 의사 결정을 해야만 할 때 사용되는 도구다. 다수결의 치명적인 결함은 소수 의견 무시다. 그래서 어쩔 수 없이 한 명의 대통령을 뽑아야 할 때, 법을 통과시켜야 할 때같이 아주 예외적으로 다수의 의사에 따르기로 하는 규칙을 만든 것이다. 하지만 사적 영역에서 누구나 마음껏 소수가 될 수 있다. 그것이 개인의

삶이기 때문이다. 다수의 생각이 어떻든 합리적 판단이 어떻든 간에 누구나 스스로 책임하에 마음껏 비이성적인 선택을 할 권리가 있다. 개인의 삶은 다수결의 영역에 있지 않고 있어서도 안 된다. 당신에게 부당한 행동을 한 사람을 다수결에 부쳐 나쁜 사람으로 결정할 것이 아니라 스스로 그 사람과의 관계를 평가해야 한다. 물론 마음에 안 드는 사람을 다른 사람들과 함께 욕하며 카타르시스를 느낄 수는 있다.

하지만 거시적으로 보면 사생활을 다수결에 부쳐보았자 얻을 수 있는 답은 하나밖에 없다. '옳다' 혹은 '그르다'. 다수결은 필연적으로 하나의 정답을 고르는 의사 결정 방법이기 때문이다. 인생의 대부분은 옳고 그름의 문제가 아니다. 삶을 다수결로 평가하다 보면 다수의 광기로 인해 분별력을 잃게 된다. 경중을 따지지 않고 똑같이 그르다고 생각한다. 그래서 지하철에서 배설물을 치우지 않은 사람을 살인자와 똑같이 비난해도 되는 줄 안다.

예전에 학교 정문 앞에 '원만이 아저씨'라고 불리는 걸인이 있었다. 바닥을 보면서 지나가는 학생들에게 손을 내밀며 "100원만, 100원만" 해서 원만이 아저씨였다. 원만이 아저씨는 수년 동안 터줏대감처럼 무사히 자리를 지켰다. 원만이 아저씨가 왜 원만이 아저씨가 되었는지는 교통

사고 후에 저렇게 되었다, 사업 실패 후 저렇게 되었다 썰이 많았다. 큰삼촌의 조현병 때문인지 고시생의 불안 때문인지 늘 내가 불행 끝에 노숙자가 된다면 어디서 살아야 안전할지를 궁리했는데 원만이 아저씨를 보면서 대학교 캠퍼스 근처가 좋은 것 같다는 생각이 들었다. 학생들은 비교적 소수자에게 관대했고 경쟁자도 적었다. 한곳에 오랫동안 터를 잡으면 서사가 쌓여서 나를 삶의 일부로 받아들여줄 것 같았다. 어찌 되었든 노숙자로 살 상상을 하면 당장 생존 자체가 걱정되었다. 제도 밖의 소수가 되는 순간 사회가 얼마나 함부로 취급하는지 알기 때문이다.

우리가 '빌런'으로 명명하고 비웃는 사람들이 어떤 삶 속에 있는지 생각해볼 필요가 있다. 실제 삶에서 그들은 힘을 가진 악당보다는 소수의 소외된 사람일 가능성이 크다(다수결로 '그르다'로 결정된 사실이 그가 소수자임을 방증한다). 우리는 재미있어서, 이상해서, 아무 생각 없이 어떤 사람의 이상한 한순간을 잡아채 비아냥댄다. 그것이 너무 당연한 일상이 되어서 얼마나 그른 일인지 잊어버린 것만 같다. 자, 그렇다면 결정을 위해 다수결에 부쳐보자. 다음 중 누가 더 그른가? 1번은 이상한 사람, 2번은 함부로 타인의 삶을 이상하다고 비난하는 사람. 나는 2번에 한 표다.

반사된 혐오

대학 때 '된장녀' 만화를 보았다. 솔직히 말해서 어떤 찌질이가 된장녀에게 차이고 그랬나보다 했다. 성장 환경을 돌이켜보았을 때 나와 남동생은 여자와 남자라기보다는 그냥 두 아이로 자랐다. 집에서 여자라서 무언가를 해야 하거나 무언가를 하지 말라는 말을 들은 기억이 없다. 아빠는 나에 대한 절대적인 믿음이 있었다. 나의 자존감 지킴이었다. 엄마를 포함해 내 주위의 어른 여자들은 대부분 슈퍼우먼 스타일의 워킹맘이었다. 종종 성차별 발언을 하는 사람들이 있었지만 속으로 '못 배워서 그렇구나' 하고 한심해했다. 그러다 출산과 함께 이 세상이 실제로 평등하지 않음을 뒤늦게 깨닫게 되었다.

비교적 착한 남편이 있는 가정이라도 육아 비중은 거의 예외 없이 여자 쪽으로 훨씬 쏠려 있다. 객관적으로 우리 남편도 가정적인 편이지만 육아 분담은 내가 85퍼센트 이상이다. 남편은 '오늘 나 늦어'를 갑자기 통보할 수 있지만 나는 야근이나 회식이 있으면 며칠 전부터 남편이나 시터 이모와 일정을 조율해야 한다. 출산 이후 아이가 조금 클 때까지는 일과 육아만을 반복하며 쉴 틈이 없었는데도 어쩐지 늘 죄책감에 시달린다. 나의 육아 마일리지 카드는 언제든 마이너스로 쌓이고, 가끔 육아를 돕는 남편의 카드는 플러스

로만 쌓이기 때문이다. 나는 부족한 엄마 같고 남편은 괜찮은 아빠 같다. 그래도 남편과의 불평등이나 나의 마음의 갈등 정도야 내가 독하게 마음을 먹으면 해결할 수도 있는 일이다. 문제는 사회였다. 나는 원래 현실을 낭만적으로 보는 타입이 아니라서 변호사 취업 시장에서 나의 주제를 잘 알고 있었다. 나이 많은 데다 아이가 어린 여자 변호사, 다시 말해 면접까지 가지도 못하고 서류에서 대부분 걸러지는 부류다. 그래서 시험만 잘 치면 되는 재판연구원 준비를 결심하게 되었다.

운 좋게 우선선발로 재판연구원 시험에 붙어서 전문임기제 나급 공무원, 다시 말해 계약직 공무원으로 대구 법원에서 법조 경력을 시작했다. 정확한 통계가 있는지는 모

르겠지만 여자 재판연구원의 출산율은 사회 평균이나 법조 평균에 비해 현저히 떨어질 것이다(여자 연구원이 임신하면 전국적으로 소문이 날 정도다). 임기가 3년으로 정해져 있어서 출산으로 계약 기간 연장이 안 되지는 않지만 평정이 문제다. 재판연구원 대부분은 향후 법관 지원을 염두에 두기 때문에 연구원 근무 평정이 중요하다. 3년 동안 장래에 나를 뽑을 법관들에게 퍼포먼스를 보여주어야 하는 시기여서 좋은 평가를 받을 기회를 포기하고 출산을 선택하기 어렵다(모두 미친 듯이 열심히 하는 집단에서는 '0'은 사실상 마이너스이기 때문이다). 나는 로스쿨에 다닐 때 출산해서 연구원 근무 기간에는 아이가 어린이집에 다녔다. 우리 아이는 엄마를 지나치게 좋아하는 스타일인데 한번은 이렇게 말했다.

"엄마는 일을 좋아하니까 나중에 내가 크면 엄마가 할머니가 되어서도 다닐 수 있는 좋은 직장을 만들어줄게. 야근도 1주일에 세 번만 하면 돼!"

"그래, 고마워."

아이의 관대함에 감동했지만 네 살짜리가 주 3회 야근을 '저녁이 있는 삶'으로 잘못 인식하고 있어서 충격적이기도 했다. 엄마가 매일 늦게 오고 주말에도 일을 하러 가니 아이 생각에는 주 3회 야근은 좋은 근무 조건이었다.

미래를 보고 사는 인간이 아니라서 재판연구원 기간에 장래 법관이 되겠다는 목적보다는 그냥 책임을 다하는 기분으로 일했다. 일 자체가 재미있고 보람도 있었다. 육아와 일을 병행하는 것이 쉽지 않았지만 두 가지를 다 해내고 싶었고, 다 해낼 수도 있었다. 고단했지만 직장에서 육아에 관해 투덜대지 않았다. 회식도 절대 빠지지 않았고 법원 합창단에서 노래도 불렀다. 나이가 많은 데다 어린 자식이 있는 여자 연구원이라는 소수 집단을 대표한다는 책임 의식이 있었기 때문이다. '모범을 보여 기혼 여성의 파이를 키워야지.' 아무도 나한테 그런 역할을 요구하지는 않았지만 혼자 그렇게 결심했다. 수면 아래로 물갈퀴를 휘저으면서 목을 쭉 빼고 아무렇지도 않은 백조처럼 지냈다. 그러다 보면 같이 야근하던 남자 연구원에게 뜬금없이 이런 말을 듣게 된다. "너는 좋겠다. 남편도 돈 버니까 언제든지 일 때려쳐도 되잖아." "어, 그래" 하고 대답하고 말지만 속은 부글부글 끓었다. '집에서 와이프가 아이 봐주는데 이까짓 일 좀 하는 것으로 뭐가 힘들다고 징징대니.' 같이 일을 하는 직장 동료조차 여성의 노동을 사치재 취급한다. 마치 자아 실현을 위해 취미처럼 일을 한다고 생각한다. 남이 아무 생각 없이 하는 말로 기분이 상해서 더 울적해졌다. 차별받지 않았을 때는

아무렇지 않게 넘길 수 있었던 말들이 이제는 상처가 된다.

3년의 재판연구원 생활을 끝낸 후 변호사 취업 시장에 뛰어들었다. 재판연구원 경력 덕에 서류를 통과한 몇 곳의 대형 로펌과 전관 로펌, 그리고 법원행정처 비법관화로 새로 만들어진 일반 임기제 사무관(역시 계약직 공무원이다)의 면접을 보았다. 국가 기관인 법원행정처를 포함해서 모든 면접에서 면접관 중 여성은 단 한 명도 없었고, 예외 없이 아이는 누가 보는지와 야근할 수 있는지를 물었다. 예상 질문이라 답은 미리 준비되어 있었다. "재판연구원으로 근무하는 동안에도 늘 야근을 해왔습니다. 시터 이모가 있고, 남편도 육아에 적극적으로 참여합니다." 남자 동기들에게는 묻지 않는 육아 질문을 왜 나에게는 하는 것일까? 모멸감을 주는 이 질문의 진의는 무엇일까? 설령 내가 육아 핑계를 대며 태업하는 여자라고 하더라도 저런 질문으로 걸러낼 수 있을까? 사회에서 기득권층이라고 불리는 전문 직종에서, 게다가 '평등'을 직업적으로 다루는 변호사와 판사가 아무 거리낌도 없이 저런 질문을 하는 것이 우스웠다. 1년 동안 법원행정처에서 근무 후에 계약을 연장하지 않기로 결심했다(여러 이유가 있지만 여기서 계속 일하면 나를 잃어버리게 될 것 같아서였다). 다시 취업 시장에 뛰어들어 로펌에서 일하고 경력이 차면

법관에 지원하는 것이 정석이겠지만 아이가 초등학교 입학을 앞두고 있었다. 또 면접을 보면 야근할 수 있는지를 물어볼 테고 이번에는 어떻게 대답해야 할까? 대구에 있을 때는 엄마나 시어머님의 도움을 받을 수 있었지만 서울에서는 그럴 수가 없었다. 그래서 남편의 만류에도 불구하고 변호사 개업을 결심했다. 마치 평등에 상한선이 있는 것같이, 아닌 것을 알면서도 이 이상은 욕심이라고 결론을 내렸다.

'여자가 남자만큼 일을 못해서 성공을 못 한다'라고 말하지만 정확히는 남자만큼이 아니라 남자의 세 배만큼 못해서다. 현실적으로 여성이 조직에서 성공하려면 슈퍼우먼이 되어야 한다. 엄마나 시어머님이나 시터 이모 등의 다른 여성의 희생도 필요하다. 그리고 긴즈버그 대법관의 일화처럼 아이 담임 선생님으로부터 걸려온 전화에 "앞으로 남편한테 같은 횟수로 전화하기까지 나에게 전화하지 마십시오"라고 할 수 있을 정도로 별난 사람이 되어야 한다. 수시로 일 때문에 가정을 희생시켰다는 죄책감에 시달려야 한다. 전업주부가 있는 가정에서도 일어날 수 있는 문제에 관해서도, 예컨대 '남자 변호사네 아이들은 공부를 잘하는데 여자 변호사네 아이들은 공부를 못한다'와 같은 소리를 계속해서 들어야 한다. 나의 경우에는 운이 좋아서 직업을 유지할 수 있었다. 스스로 시터 이모의 월급을 감당할 수 있을 정도로 돈을 벌고 남편도 비교적 협조적인 사람이니까. 하지만 그렇지 못한 대부분의 상황에 놓인 여성들은 '내가 무슨 부귀영화를 보려고' '나만 희생하면 되는데' '너무 나만 생각하나'처럼 여기며 경력 단절로 내몰린다. 그렇게 끊어진 경력을 다시 이을 기회는 요원하다. 돌이켜보니 나의 평등한 어린 시절도 전혀 평등하지 않았다. 외할머니나 엄마나 이모 모두 그렇게 슈퍼우먼처럼 자신을 갈아 넣어 일과 가정과 나의 작은 평등을 지켜주고 있었다. 나 역시 똑같은 방법으로 나의 딸아이를 불평등의 세상에서 키우고 있다.

최근에 혐오를 주제로 한 인스타툰을 올렸는데 영 페미니스트 한 명이 말을 걸었다. 그분의 주장 요지는 여성혐오와 남성혐오는 다르다는 것이었다(이 글을 쓰면서 알게 되었는데, 한글 문서 맞춤법 검토 기능에 의하면 여성혐오는 어법상 올바른 표현으로 밑줄이 그어지지 않는데 남성혐오는 옳지 않은 표현으로 빨간색 밑줄이 그어진다). 마음이야 이해하지만 혐오 파괴를 위한 혐오도 혐오일 뿐이다. 사회 정의 실현은 목적 자체도 정의로워야 하지만 수단과 절차도 정의로워야 한다. '혐오'는 아무것도 해결하지 못한다. 혐오는 개인을 집단에 소속시켜 개별성을 말살한다. 당신이 어떤 사람인지, 어떻게 자랐는지, 꿈은 무엇인지, 취향은 어떤지, 어떤 음식을 좋아하는지 간에 된장녀가 되고, 한남충이 되고, 조선족이 되고, 유대인이 되면 당신을 구성하는 그 모든 요소는 아무 의미가 없어진다. 미러링을 전시하면 사회적 메시지가 될 수도 있지만 일상어로 사용하면 혐오로 놀이를 하는 것일 뿐이다. 혐오에 잠식된 사람은 소수에 관한, 개인성에 관한 감수성을 잃는다. 순수한 아리아인처럼 어떤 존재하지 않는 순수함을 좇게 된다. 자기의 꼬리를 먹는 뱀처럼 여성에서 트랜스젠더를 제외하고, 기혼 여성을 제외하고, 남미새(남자에 미친 새끼)는 제외한다.

혐오를 없애기 위해서는 혐오가 생겨난 사회 구조를 살펴보아야 한다. 모든 불공정에 관해 우리는 어쩔 수 없다고 여긴다. 이의를 제기하는 사람을 욕심꾸러기 취급한다. 하지만 우리는 부당하게 작은 파이 조각을 받고 있다. 작은 파이를 서로 나누어 가지려고 싸움을 벌이고, 서로를 혐오한다. 저기 먹지도 못한 채 파이를 쌓아둔 사람들이 있는데 그들은 이 파이를 어떻게 우아하게 플레이팅할지 고민하고 있다. 해결책은 공정한 분배에 있지 혐오에 있지 않다.

한동안 바퀴벌레 챌린지가 유행이었다. 바퀴벌레 챌린지는 프란츠 카프카의 《변신》에 영감을 받아 엄마나 아빠에게 내가 만일 바퀴벌레가 되면 어떻게 할 것인지를 물어보고 반응을 공유하는 것인데, 챌린지 유행을 지켜보며 마음이 아팠다. 혐오스러운 존재가 되는 것에 관한 이 세대의 잠재된 공포를 느꼈기 때문이다. 세상을 혐오하다 보면 결국 그 혐오는 자신에게 향한다. 자신도 그 혐오스러운 세상에 속해 있기 때문이다. 챌린지가 요구하는 정답은 이것이다. 바퀴가 되더라도 사랑해주세요. 이 불안과 공포는 결국 한남과 한녀를 만든 부모가 혹은 이 사회가 보듬어야 한다. 그런데도 이 못 배운 사회는 세상의 절반인 여성을 혐오하고, 그 혐오는 다시 거울에 반사되어 다른 절반을 혐오한다. 왜 혐오에 빠지게 되는지, 아무도 그 마음을 헤아려주지 않고 그저 멍청해서, 못생겨서, 사회적으로 성공하지 못해서 열등해서 혐오에 빠지게 되었다고 또다시 그들을 혐오한다.

성장의 속도

며칠 전 멤버 전원이 워킹맘인 아이 친구 엄마 모임에 갔다가 이런 이야기를 들었다. "직장에서 시속 130킬로로 달리고 있다가 집에 오면 아이는 시속 5킬로로 달리고 있어요. 제가 속도를 줄여도 시속 30킬로라서 아이 속도에 맞추어지지 않더라고요." 무척 공감되었다. 육아에서 가장 힘든 부분은 속도 맞추기였다. 아이는 매우 매우 매우 매우 완만한 나선형으로 천천히 성장한다. 평지를 뱅뱅 돌고 있다 어느 날 문득 1센티미터 정도 위로 자란 모습을 발견한다. 하지만 그것을 알아도 느긋한 마음으로 아이를 기다려주기가 어렵다. 왜 전에 가르쳐주었는데 개선이 안 되지? 왜 이해를 못 하지? 왜 쓸데없이 고집을 부리지? 왜 겁을 내지? 가만 보면 아이만큼 나도 '왜'가 많다. 입 밖으로 꺼내지는 못하지만.

다이어리를 뒤적이다가 성장의 속도는 아이만의 문제가 아니라는 사실을 깨달았다. 올해도 실패한 신년 목표를 보고 한숨이 났다. 30년째 정리 정돈 잘하기를 결심했건만 여전히 책상 꼴이 엉망진창이다. 그동안 얼마나 자주 결심했던가? "방 정리 좀 해라." 어릴 때 엄마, 아빠에게 혼도 많이 났다. "청소에 대한 개념 자체가 없어." 남편도 수시로 나의 칠칠찮음을 지적한다. '나는 어딘가 구조적으로 잘못 만들어졌어.' 자학도 많이 했다. 왜 나는 개선이 안 되지? 빨리 달리는 줄 알았는데 실은 나도 같은 자리를 뱅글뱅글 돌고 있었다. 아이의 느림을 탓하면서 나의 속도는 모르고 있었다. 이런 상황에서 떠오르는 살바도르 달리의 일기장 구절이 있다. “당신이 평범한 사람이라면, 그리고 한번 형편없게, 무지 형편없게 그리려고 노력해보면, 그러면 깨닫게 될 것입니다. 당신이 얼마나 평범하기 그지없는 인간인지 말입니다.”

나는 자서전류의 책은 좋아하지 않지만 달리의 일기만은 예외다. 자의식 과잉이 예술로 승화되면 이런 모습일까, 하는 생각이 드는데 달리는 천재라서 또 수긍이 된다. 어찌 되었든 처음에 일기장의 저 문장을 읽고 천재적이라며 무척 감탄하며 포스트잇을 붙여두었다. 그러니까 달리가 의미한 바는 이렇다. 우리가 애써 잘하려고 노력하고 있을 때는 자신의 수준을 평가하기가 어렵다. 왜냐하면 나는 나의 눈높이만큼만 잘하고 있기 때문이다. 그런데 의도적으로 못하려고 노력해보면 평범한 수준으로 못하는 자신을 발견하게 된다. 그 평범함은 지금의 내 눈높이에서도 인식할 수 있다. 그런데 잘하고 못하고는 수직 대칭이라서 최대한 형편없게 그린 결과물의 평범함이 사실은 내 최대한 잘 그린 그림의 평범함인 셈이다. 달리의 저 구절은 그림 재능을 파악

할 때뿐만 아니라 나의 다른 능력의 수준을 파악할 때도 유용하다. 육아에 적용하면 이렇다. 아이에게 내가 개입한 부분과 개입하지 않은 부분을 본다. 아이의 성장에서 본질은 모두 아이가 스스로 해낸 일들이다. 뒤집기, 일어서기, 걷기, 말하기에서 나의 도움은 매우 부수적이다. 부모가 아이에게 해주는 수고가 부모에게 최선이며, 대단한 일로 느껴지더라도 실상은 아이가 스스로 해내는 성장에 비하면 소박할 뿐이다. 부모의 지나친 개입의 결론은 대개 부모보다 어리석은 자식이다. 이런 생각은 육아로 흔들리는 마음을 다잡는 데에 꽤 도움이 된다. 내가 조금 모자라도 아이가 잘해낼 수 있음을 믿어보게 된다.

최근에 '왕의 DNA'에 관한 기사를 읽었는데 내용이

무척 황당했다. 맙소사, 왕이 아닌데 DNA만 왕이면 너무나 불행한 일 아닌가? 학부모 갑질도 문제이지만 도대체 무슨 생각으로 자기 아이를 불행으로 가는 고속 열차에 태우나 싶었다. 오은영 박사가 "육아의 목적은 독립"이라고 했는데 깊이 공감한다. 내가 원하는 아이의 독립은 이렇다. 아이가 사회의 구성원으로서 역할을 다하고, 세상의 아름다움을 느끼고, 남의 아픔을 이해하고, 자신을 성찰할 수 있기를 바란다.

부모의 자의식 과잉으로 훈육해야 할 부분은 하지 않고 개입하지 말아야 할 부분은 개입하는 현실이 우려된다. 최근 서이초 교사 자살 사건을 필두로 여러 학부모 갑질이 문제로 드러나고 있다. 저런 부모가 있다는 사실을 믿고 싶지 않지만 괴담 같은 이야기가 현재 우리의 모습이다. 영화 〈신과 함께〉에는 살인, 나태, 거짓, 불의, 배신, 폭력, 천륜의 일곱 가지 지옥이 나온다. 저런 지옥이 있다면 왕은 모두 지옥에 있을 것이다. 아이가 피해자가 되어서도 안 되지만 가해자가 되기를 바라서도 안 된다. 누구나 자식의 앞길이 꽃길이기를 바란다. 나도 그렇다. 하지만 부모가 혼자서 만들 수 있는 꽃길은 고작 듬성듬성 엉성한 황무지다. 아무리 부유하고 훌륭한 부모라고 하더라도 예외는 없다. 조부모의 재력과 엄마의 정보력과 아빠의 무관심으로 명문대에 보낼 수는 있겠지만 대학교 이후에도 아이의 삶은 계속된다. 당신이 혼자 만들 수 있는 세상은 형편없고 삭막하다.

한 아이가 자라기 위해서는 온 마을이 필요하다고 한다. 그리고 온 마을은 모두가 함께 만들어야 한다. 온 마을을 망치면서 우리 아이만 제대로 자라기를 바라서는 안 된다. 온 마을의 아이들이 제대로 자라기를 바라는 마음으로 함께 마을에 꽃을 심어야 한다. 우리 아이도 그래야 제대로 큰다.

에필로그

오랜만에 만나 점심을 먹다가 친구가 갑자기 이런 말을 꺼냈다. "세상이 곧 망할 것만 같아." 지구 온난화도 두렵고, 혐오가 넘치는 사회도 슬프고, 정치는 정말로 참담해서 도대체 지지하고 싶은 사람이 없다고. 쌀국수와 짜조를 앞에 두고 한참 동안 세상이 이렇게 괴상해진 이유에 관해 고민했다. "멸망의 시작은 스마트폰부터인가?" 이전에도 문제 많은 세상이었지만 스마트폰 출시 이후 확실히 더 이상해지기는 했다. 친구가 말했다. "요즘은 지식인이 없어." 내가 대답했다. "아무래도 아무도 지식에 관심이 없어서겠지." 대학생 때는 지식인처럼 보였던 어른들도 요즘은 단체로 무엇을 잘못 먹은 사람들처럼 이상한 소리를 한다.

한참 이야기하다 보니 우리도 꽤 많이 변했다는 생각

이 들었다. 예전에는 이런 주제로 이야기하지 않았다. 가구 전시회를 같이 가고, 최근에 읽은 책에 관해 이야기했다. 사소하고 아름다운 것에만 관심을 가졌다. 어른이 되어서, 둘 다 사회 문제를 다루는 직업을 가져서 냉소적인 사람이 되었을까? 아니, 사실 냉소적이라고 하기도 애매하다. 무언가를 꼬아서 보아서 이런 것이 아니고, 정말로 세상이 답이 없다는 생각을 자주 하니까. 웬만하면 입을 다물고 사회에 순응하는 우리 같은 반혁명적 스타일의 범생이마저도 이상한 낌새를 느낀다. 그날 우리의 마지막 대화는 이랬다. "아, 이런 세상에 왜 아이를 낳았을까?"

몇 년 전부터 분명히 무언가 잘못되어가고 있다. 내가 알던 사회가 사라지고 있었다. 진실은 중요하지 않고 모든 것을 다수결로 결정한다. 이제는 정론지 기사도 읽을 만한 내용이 없다. 사람들은 저급함에 몰려들고 그렇게 모인 사람끼리 서로 비난하기 바쁘다. 아무도 남의 말을 들으려 하지 않고 타인의 삶을 이해하려 하지도 않는다. 인스타그램식의 매끈한 선물 상자 같은 삶만 좇으며, 속에 무엇이 들어 있는지는 관심이 없다. 중세로 회귀해서 마녀사냥을 정의로 여기고 누구도 나서서 이 광증을 말리지도 않는다. 사회의 절반이 서로를 혐오하고 혐오를 위해서 연대한다. 다양성을 말살하고 소수를 조롱한다. 특별함을 타인에 관한 우월함으로 치부하고 평범함을 멸시한다. 아무도 반성하지 않고 아무도 용서하지 않는다.

이런 세상이 슬프고 마음이 불편하다. 그래서 튀고 싶은 마음도 없고 무식을 부끄러워하는 내가 인스타툰을 그리고 글을 썼다. 예전에 혼자 동물원에 갔다가 홍학사에서 모이를 주는 아저씨와 이야기를 한 적이 있었다. "얘네는 훈련해서 안 나는 거예요?" 내가 묻자 아저씨가 대답했다. "아, 날개 죽지를 잘라서 그래요. 동물원의 홍학은 못 날아요." 도대체 인간은 무엇일까? 우리 모두 사라져야 하지 않을까? 어차피 한국이 망해도 인류는 멀쩡하고, 인류가 망해도 지구는 멀쩡할 것이다. 하지만 우리 아이가 사는 사회이니까, 이 글을 읽는 사람들 하나하나가 사는 세상이니까, 멸망하는 순간이 오더라도 그전까지 모두가 안온하면 좋겠다. 우리가 나아졌으면 좋겠다.

* * *

서은국 교수의 《행복의 기원》에는 이런 문장이 나온다. "모든 쾌락은 곧 소멸되기 때문에, 한 번의 커다란 기쁨보다 작은 기쁨을 여러 번 느끼는 것이 절대적이다." 어쩌면 정의도 이렇게 바라보아야 하지 않을까? 영웅이 나타나서 큰 희생을 하고 반대편을 깡그리 죽여서 이룩하는 거창한 정의는 옆으로 치워두고 일상에서 작은 정의를 자주 고민하고 자주 실천해보면 어떨까? 작게 나눈 정의는 도달 불가능한 이상이 아니라 실현할 수 있는 현실이 된다. 어제는 혐오를 반성하고, 오늘은 타인의 마음 아픈 사정을 이해하고, 내일은 세상의 아름다움을 발견한다. 매일 한 가지씩, 매일 한 걸음씩 나아간다. 보통 사람인 내가 할 수 있는 일이다. 세상은 언제나 보통 사람들 손에 달려 있다.

질문하는 세계

초판 1쇄 인쇄일 2023년 12월 12일
초판 1쇄 발행일 2024년 1월 12일
초판 2쇄 발행일 2024년 1월 26일

지은이 이소임

발행인 윤호권, 조윤성
사업총괄 정유한

편집 임채혁 **디자인** 이혜진 **마케팅** 김솔희
발행처 ㈜시공사 **주소** 서울시 성동구 상원1길 22, 7-8층(우편번호 04779)
대표전화 02-3486-6877 **팩스(주문)** 02-585-1755
홈페이지 www.sigongsa.com / www.sigongjunior.com

ISBN 979-11-7125-110-0 03810

*시공사는 시공간을 넘는 무한한 콘텐츠 세상을 만듭니다.
*시공사는 더 나은 내일을 함께 만들 여러분의 소중한 의견을 기다립니다.
*이 책의 본문은 '을유1945' 서체를 사용했습니다.
*잘못 만들어진 책은 구입하신 곳에서 바꾸어 드립니다.